KB039312

베이비 박스

박선희 장편소설

(주)자음과모음

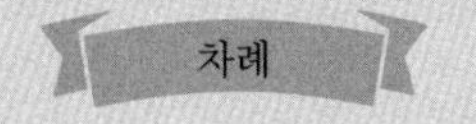
차례

다섯 개의 퍼즐 조각

내 차례가 다가오고 있었다. 심장이 밖으로 튀어나올 것처럼 펄떡펄떡 뛰었다. 자기소개? 이런 건 평생 하고 싶지 않았다. 자기소개의 첫 마디는 하나같이 '안녕하세요', 앵무새의 지저귐 같은 인사. 그러고 나선 자신의 이름과 출신을 밝히고, 지금 왜 이곳에 와 있는지를 얘기했다.

"안녕하세요. 제 이름은 김, 소, 영입니다. 프랑스에서 왔습니다. 한국에 와 보고 싶었습니다……."

가늘게 떨리는 목소리. 한국어 발음은 서툴지만 연습을 많이 한 것 같았다. 김소영? 이마 위로 흰머리가 나기 시작한 아줌마였지만 작은 유리병에 입김을 불어 넣듯 발음되는 이름은 프리티했다. 소영, 무슨 뜻일까?

"안녕하세요. 내 이름은 공선우입니다. 핀란드에서 왔고, 직업은 요리사입니다. 한국 김치를 먹어 보고 싶습니다. 순록 스테이크와 잘 어울리면 좋겠습니다."

잠시 조용한 웃음이 번졌다. 공선우. 부드러운 울림이 있는 이름이었다. 그만큼 아름다운 뜻을 가지고 있겠지? 요리사 아저씨가 한 말은 '안녕하세요' 빼고 전부 영어였지만 동글동글한 얼굴만큼은 완벽한 한국인이었다.

한 사람씩 자기소개가 끝날 때마다 박수 소리가 마른 낙엽처럼 흩어졌다. 다섯 번째로 자리에서 일어난 여자는 짧은 커트 머리가 어울리는 멋쟁이였다. 단정하고 깔끔한 스타일의 셔츠와 바지는 성공한 여성의 느낌이 났다.

"안녕하십니까. 제 이름은 메간 에반스, 미국 미네소타에서 왔습니다. 한국 이름은 이성주입니다."

작고 깡마른 체구에서 뿜어져 나오는 기운이 당찼다. 한국어 발음도 제법 정확했다. 배웠나?

"제가 아는 한국말은 이게 전부입니다."

곧바로 이어진 영어에 풉, 웃음이 나왔다. 여기저기서 키득거리는 소리가 났다. 메간은 고르고 흰 치아를 드러내며 환히 웃고는 자기소개를 계속했다.

"여러분의 소망처럼 저도 생물학적 부모를 찾고 싶습니다. 20년 넘게 기도해 왔습니다. 만나면 함께 커피를 마시며 이야기 나눌

거예요. 제 과거에 대해 알고 싶습니다."

'커피' 발음이 특이해 '카피'로 알아들었다. 미네소타 억양인 것 같았다. 메간은 태어나자마자 미시시피강이 흐르는 미국 중서부의 커다란 땅으로 날아갔을지 모른다.

메간이 자리에 앉으려 하자 방송국에서 나온 남자 하나가 영어로 물었다.

"직업이 뭔지 물어봐도 될까요?"

다른 스태프들이 '형'이라고 불렀던 남자였다. 제작 중인 3부작 다큐멘터리의 프로듀서라고 했다. 형식적인 말투가 미리 알고 물어보는 것 같았다.

"뉴욕 로스쿨*을 졸업하고 일 년 전부터 미네소타에서 변호사로 일하고 있습니다."

메간은 영어로 간결하게 대답했다. 아무도 못 말리는 문제아가 되어 이리 부딪치고 저리 부딪치다 11학년을 휴학하고 온 나로서는 입이 딱 벌어질 스펙이었다. 두 대의 비디오카메라가 집중적으로 메간을 찍어 댔다.

다큐멘터리의 주인공이 둘이라고 했는데 메간과 루카스 아저씨인 것 같았다. 두 사람을 중심으로 촬영을 한다고 했다. 오늘 이곳에 와서야 그 얘길 들었다. 독일에서 온 루카스 아저씨는 첫 번째

* 법조인 양성을 목적으로 3년 동안 법학을 가르치는 전문대학원 과정.

순서로 자기소개를 했다. 그는 독일의 한 잡지사에서 언론인으로 일하고 있다고 했다. 루카스 아저씨 역시 프로듀서가 던진 몇 가지 사적인 질문에 답해야 했다. 자기소개가 이어지는 동안 게스트하우스 '네스트'의 휴게실 분위기가 조금씩 자연스러워졌다. 이곳 주인이자 운영자인 제니퍼가 박수를 유도하고 예쁘게 차린 스낵을 권하며 긴장을 풀어 주었다.

게스트하우스 네스트는 한국을 방문하는 해외 입양인들의 쉼터 역할을 하면서 그들을 위해 다양한 활동을 하고 있다고 했다. 나는 어떤 도움이라도 얻을 수 있을까 하여 이곳을 방문했다가 얼떨결에 촬영에 참여하게 되었다. 마음 편히 얘기를 나눈다 생각하라고 했는데, 이런 식일 줄 알았다면 다음에 오겠다고 했을 거다.

메간 다음으로 자기소개를 한 여자가 방금 자리에 앉았다. 다음이 내 차례라는 생각 때문에 무슨 얘길 하는지 제대로 듣지 못했다. LA에서 왔다고 했던가? 쿵쿵쿵쿵. 심장 박동이 점점 빨라졌다. 천천히 자리에서 일어났다. 여러분, 준비하세요. 이제 이 소박한 테이블 위로 내 말이 폭탄처럼 떨어질지도 몰라요.

"안녕하세요. 제 미국 이름은 리사 밀러, 한국 이름은 언노운입니다."

프로듀서가 고개를 갸웃하더니 나에게 물었다.

"성이 언이고 이름이 노운이라고요?"

"내 한국 이름의 뜻입니다. u, n, k, n, o, w, n, 언노운. 한국어로 하면 미지, 내가 누구인지 모른다. 매우 정직한 이름이지요? 풀 네임은 윤미지입니다."

프로듀서가 고개를 끄덕이며 웃었다.

"한국말 잘하네요. 여기서는 제일 어린 것 같은데."

한국어를 모르는 사람들 사이에서 내 말은 제법 유창하게 들렸을 것이다.

"7학년부터 10학년까지 한인 교회 한국어 서머스쿨에서 공부했습니다."

"아, 그래요? 미국 부모님이 보내 주셨나요?"

프로듀서는 나에게 관심을 보였다.

"노, 친구가 나를 데리고 갔습니다."

"어릴 때부터 한국에 관심이 많았군요."

나는 어깨를 으쓱했다. 그런 건 아니었답니다. 개인의 라이프 스토리는 필요에 따라 인터뷰할 예정이니 자기소개만 간단히 하라더니, 질문이 많았다.

"미국 부모님이 리사를 잘 키워 주셨나 봐요."

그런 말이 얼마나 불편한지 프로듀서 아저씨가 알 리 없었다. 이제 폭탄을 터뜨릴 차롄가?

"미국 아빠는 최고였지만 죽었어요. 강도에게 총 맞았습니다. 그리고 미국 엄마는 저를 집에서 나가라고 했습니다. 저는 혼자가 되었습니다."

게스트하우스 여주인 제니퍼가 영어로 조용히 통역해 주었다. 원어민이라고 해도 좋을 만큼 훌륭한 영어였다.

내가 던진 폭탄에 프로듀서는 눈을 둥그렇게 뜨고는 무언가 수첩에 적어 넣었다. 나를 뺀 여덟 입양인의 얼굴이 파르메산 치즈 덩어리처럼 굳었다. 시큼한 치즈 향 같은 침묵이 뭉게뭉게 피어났다. 한국에 오자마자 제대로 튀었군. 으, 될 대로 되라지!

나는 나를 버린 엄마가 이 방송을 보게 되길 바랐다. '당신이 버린 딸이 미국에서 또다시 버림을 받았습니다.' 어쩌면 나는 그 말을 해 주기 위해 친엄마를 찾으러 왔는지도 몰랐다.

*

밝고 따스한 햇볕이 얇은 모슬린 담요처럼 눈꺼풀을 덮었다. 아침인가? 눈을 떴다. 낯선 물체들이 시야에 들어왔다. 책꽂이가 있는 작은 책상과 두 짝 여닫이문이 달린 하얀 옷장, 그리고 방 한가운데 펼쳐진 캠핑용 소형 텐트……. 랑의 방이었다. 학교에 갔나? 텐트 안이 비어 있었다. 아 참, 오늘 토요일이라 학교에 가지 않는다고 했지.

이 방에서 잠을 잔 지 벌써 며칠짼데 눈을 뜰 때마다 모든 게 낯설었다. 사흘 전, 인천공항으로 마중 나온 진을 따라 이 집에 왔다. 진은 랑의 언니고, 내가 가브리엘을 찾아 콜로라도 덴버에 갔을 때 알게 되었다. 어학 연수생이었던 진은 가브리엘과 가깝게 지내고 있었다. 그때 나는 엉덩이에 뿔 난 망아지처럼 반항기만 가득해 진에게 공연히 심술을 부리곤 했다. 진의 홈스테이 방에 빌붙어 지냈으면서 말이다. 나보다 겨우 두 살 많은 나의 보호자 가브리엘이 나 때문에 진땀을 흘릴 때가 많았다. 그때로부터 일 년이 조금 넘었고, 나는 지금 한국 진의 집에 있다. 진을 굉장한 부잣집 딸로 생각했던 나는 너무나 평범해 보이는 아파트를 보고 조금 놀랐다. 적어도 가정부 정도는 고용하고 사는 상류층 공주님인 줄 알았더니 아니었잖아.

진의 여동생 랑은 엉뚱한 아이였다. 방 안에 텐트를 치고 그 속에서 자는 여자애라니!

"나 원래 텐트에서 자. 매일 캠핑 간 기분이잖아."

나더러 침대에서 자라는 걸 사양했을 때 랑은 그렇게 말했다. 웃을 때 보조개가 폭 파인 통통한 볼이 깜찍했다. 나와 동갑이라는데 몇 살은 어린 아이처럼 보였다. 하는 짓도 그랬다. 방에서 캠핑 텐트를 치고 자는 것부터가 제대로 나이를 먹은 애가 할 일은 아니잖아? 어쨌든 나는 별로 까다롭지 않은 동갑내기 괴짜 랑 덕분에 긴장이 풀렸고, 그 애와 방을 함께 쓰게 되어 기뻤다.

2인용 캠핑 텐트만 빼면 랑의 방은 소녀 취향이 물씬 풍겼다. 각종 문구류가 예쁜 상자와 바구니에 수납된 책상, 많지 않은 책들과 아기자기한 소품들로 채워진 책꽂이, 케이팝 스타의 커다란 브로마이드가 붙은 방문과 벽, 다양한 종류의 화장품과 미니 가습기, 장식품들이 놓인 작은 탁자……. 언제부턴가 내 방이 돼 버린 가브리엘의 집 창고 방과는 완전히 달랐다. 하지만 난 팬시하게 꾸민 소녀의 방보다 오두막 같은 창고 방이 좋았다. 언제까지 그 방에서 살 수 있을지는 모르겠지만.

밖에서 찡찡거리는 소리가 나더니 문틈으로 반들거리는 까만 코가 보였다.

"빠삐용!"

내가 부르자 기다렸다는 듯 빠삐용이 뛰어 들어왔다. 이 집에서 가장 통하는 존재는 8개월 전 유기견 보호 센터에서 데려왔다는 실버 푸들이었다. 끼리끼리 논다는 걸 보여 주려는지, 빠삐용은 처음 만났을 때부터 내 발뒤꿈치만 졸졸 따라다녔다. 빠삐용이라고 이름을 지어 준 사람은 랑의 엄마였다고 한다. "넌 버려진 아이가 아니라 탈출한 아이야"라며. 〈빠삐용〉이라는 아주 오래된 탈출 영화가 있다고 했다. 흠, 그렇다면 빠삐용 네가 나보다 낫구나.

빠삐용을 안고 밖으로 나갔다. 거실과 부엌에 흩어져 있던 세 여자가 나를 보고 합창을 했다.

"굿 모닝~"

"굿 모닝. 잠 많이 잤어요."

쑥스럽게 대답하고 빠삐용 목덜미에 내 코를 비볐다. 아줌마는 거실 소파에 누워 있었고, 진과 랑은 부엌 식탁에 마주 앉아 있었다.

"더 자도 되는데. 신경 쓸 인종도 없고 편하잖아."

셀폰*에서 눈을 뗀 랑이 생긋 웃으며 말했다. 집에 남자가 없다는 뜻이겠지? 한국에 온 첫날 밤, 텐트 속에 들어간 랑이 중요한 정보를 전하듯 내게 말했었다.

"우리 집에 남자는 빠삐용뿐이야. 아빠는 오래 전에 돌아가셨거든."

내가 궁금해할까 봐 미리 귀띔해 주었을 것이다. 나는 뭐라고 해야 할지 몰라 고개만 몇 번 끄덕였다.

"낯가림 심한 녀석이 처음부터 껌딱지처럼 붙어 다니고, 빠삐용이 리사한테 완전 꽂혔나 봐. 이제야 니 스타일 만났니?"

진이 식탁에 있던 장난감 공을 빠삐용에게 던지며 농담을 했다. 헐렁한 티셔츠를 입고 머리를 높이 올려 묶어 얼굴이 더 작아 보였다. 빠삐용을 품에서 내려놓자 녀석은 공이 튀는 쪽으로 잽싸게 뛰어갔다.

"벌써 11시가 넘었네. 점심 뭐 먹을까? 배고프다."

가장자리가 닳아 돌돌 말린 책을 보고 있던 아줌마가 말했다. 연극 대본인가 보다. 아줌마는 연극배우인데 다음 주부터 공연을 시작한다고 했다. 연극배우라선지 목소리와 제스처가 큰 편이었다. 까무잡잡하고 긴 얼굴에 사자처럼 부풀린 파마머리가 강한 인상

* 핸드폰, 휴대폰은 콩글리시. 바른 영어 표현은 cell phone, 혹은 cellular phone, mobile phone.

을 풍겼다.

그런데 지금까지 식사도 하지 않고 있었나? 나 때문인 것 같아 미안했다. 이틀 동안은 시차 적응 때문에 한낮에 깨어 아줌마와 식탁에 남은 음식을 해치웠다. 진과 랑이 학교에 가기 전 해 먹은 간단한 요리들이었다. 김치와 돼지고기를 넣은 볶음밥, 기름에 튀긴 냉동식품을 전기 오븐에 데워 먹었다. 크게 정성을 들인 음식이 아니라 오히려 마음이 편했다. 아침에 딸들보다 더 늦게 일어나는 아줌마는 요리엔 취미가 없다고 했다. 난 그 말이 반가웠다. 어느 날 미국에서 날아온 손님에게 완벽한 대접을 하려고 했다면 하루도 안 돼 최저가 호텔을 찾아 나갔을 것이다.

"아침 식사 스킵했어요?"

소파 한쪽 끝에 앉으며 물었다. 아줌마는 붉은 가죽 소파에 갈기갈기 뻗은 파마머리를 한쪽으로 쓸어 모았다.

"토스트랑 과일, 요구르트로 때웠지. 리사가 있는 동안 주말 아침은 아메리칸 스타일로!"

아줌마가 말하자 랑이 피식 웃었다.

"누가 들으면 식사 도맡아 준비하는 줄 알겠네."

그러고는 식탁에 털버덕 엎드렸다.

"난 오늘 바나나만 먹을래. 다이어트 시작이야."

어제 뱃살이 늘었다고 울상을 하더니 바나나만 먹겠다고? 정말 이해할 수 없는 식이요법이었다. 게다가 랑은 절대 비만이 아니었다.

"랑 뚱뚱하지 않아. 다이어트 필요 없어."

"리사만큼 키가 크다면 지금 몸무게가 표준이겠지. 한국에서 내 키에 이상적인 체중은 46킬로그램이야. 난 지금 52킬로그램이고."

랑은 허공에 집게손가락으로 숫자를 크게 써 보이며 말했다.

"노 웨이!(No way!)"

말도 안 된다며 소리치는 나를 보고 아줌마가 웃었다.

"안 먹는 다이어트는 100퍼센트 요요로 망해."

약 올리듯 말하는 진을 랑이 노려보았다.

"초 치지 마. 먹어도 안 찌는 여자들 세상에서 젤 얄미워."

먹어도 살이 안 찌는 여자는 진이었다. 내가 볼 땐 랑의 외모가 더 나은 것 같은데, 마른 사람이 우월하다는 듯한 이 분위기는 뭐지? 진이 약간 밋밋하면서 차분하고 지적인 인상이라면, 랑은 귀엽고 사랑스러웠다.

"랑 예뻐."

내가 말하자 랑이 고개를 쳐들고 자기 볼을 쥐었다 놓았다.

"그런데 이 두부 같은 젖살은 왜 아직도 안 빠지냐고. 그리고 난 리사처럼 눈꼬리가 살짝 올라간 쌍꺼풀 없는 눈하고 뚜렷한 브이라인 턱이 소망이야."

정 그렇다면 어쩔 수 없지 뭐. 아줌마와 진은 들은 척도 하지 않았다.

점심 메뉴는 오믈렛으로 결정되었다. 랑이 부엌으로 가 에이프런을 둘렀다. 굶는 사람이 식사 준비를 하겠다는 말? 어리둥절해 할 때 진이 말했다.

"랑은 오믈렛 요리 하나만큼은 베테랑이야."

아줌마도 먹어 보면 알 거라며 랑을 추켜세웠다. 랑은 의기양양하게 두 팔을 걷어붙였다.

"식욕을 얼마나 잘 참는지 보여 주겠어."

그러더니 냉장고에서 달걀을 꺼내 한 손으로 탁탁 깼다. 달걀이 한 알 한 알 유리그릇에 고스란히 담겼다. 제법인데? 랑의 손은 조리대 위에서 빠르게 움직였다.

진은 오늘 학교 친구들과 1박 2일 여행을 가기로 되어 있었다. 멤버십 트레이닝, 첫 글자만 따서 MT라고 했다. 오전 출발 팀은 이미 떠났고, 진은 오후 출발 팀에 합류한다고 했다. 조금이라도 더 내 옆에 있어 줘야 한다고 생각한 것 같다. 하여튼 배려의 여신이라니까. 하지만 진은 미국에서 볼 때와는 좀 달랐다. 콜로라도에서는 상냥하고 친절하고 세심한 여자로만 보였는데, 한국에서는 예리하고 똑똑하고 카리스마가 있어 보였다. 아줌마보다는 진이 가족을 이끄는 느낌이랄까? 단 며칠 본 것뿐이지만 이 집의 무게 중심엔 진이 있는 것 같았다.

집안일을 거의 진과 랑이 나눠서 하는 것도 그렇고, 랑의 집은 내가 생각했던 한국 가정의 모습과는 조금 달랐다. 솔직히 말하면 자매가 엄마를 부양하는 것 같았다. 그래선지 랑은 자기 엄마에게 버릇없이 굴 때가 있었다. 양엄마 데이나와 매일 으르렁거렸던 내가 그런 말을 할 처지는 아니지만.

"부모 따라 미국 이민 간 애들 한국말 다 까먹고 별꼴이던데, 리사는 참 기특해. 혀가 조금씩 꼬여서 그렇지 그만하면 유창하잖아. 투 썸즈 업(Two thumbs up), 최고야!"

대본을 내려놓은 아줌마가 손을 뻗어 내 팔을 쓰다듬으며 말했다. 갑작스러운 칭찬에 부끄러웠다.

"오늘의 문장은 그거야? 투 썸즈 업? 영어 교사 남자친구 덕분에 조만간 2개 국어 하시겠어."

거품기로 달걀을 휘젓던 랑이 말했다. 비꼬는 투였다. 아줌마에게 남자친구가 있었나?

"매일 두 문장씩 외우기로 했어."

아줌마는 랑의 말에 신경 쓰지 않았다.

"한국말 어려워요, 아줌마."

나는 화제를 다시 한국말로 돌렸다. 랑의 젖살에 붉은 심술기가 돌았다.

"그런데도 한국말을 잘하니 기특하다는 말씀."

"대단히 감사합니다."

뭐가 재밌는지 진이 하하 웃었다.

사실 나는 한국말을 배우고 싶어서 배운 게 아니다. 한때 붙어 다녔던 친구 아이비가 한인 교회 한국어 서머스쿨에 다니자고 해,

여름방학 때마다 같이 어울려 다니며 한국어 공부를 했을 뿐이다. 여름방학이 석 달이나 되고 평소에도 아이비가 워낙 한국어 공부에 열을 올려 나도 덩달아 열심이었다.

양파 껍질을 까던 랑이 갑자기 짜증을 냈다.

"그 아저씨 요즘도 연습실로 엄마 데리러 오지? 공연 직전인데 좀 집중하게 놔두면 안 되나?"

"웬 시비? 집까지 차로 데려다주고 편하기만 하구만."

아줌마가 누워서 다리 운동을 하며 말했다.

"이제 조금만 더 있어 봐. 거꾸로 엄마가 아저씨 팬이 될 테니. 남친 생기면 거의 공식이잖아."

"이번엔 니가 틀렸어. 아저씨가 나더러 결혼하자더라. 난 아직 대답 안 했지만."

"뭐?"

랑이 들고 있던 양파를 도마에 쾅 내려놓았다.

"아주 자기 멋대로네? 그럼 언니랑 나는 뭐야?"

"무슨 소리야, 아저씨가 나한테 프러포즈하고 내가 허락하면 그때 니들한테 얘기하는 게 순서지."

랑은 얼굴이 터질 듯 빨개져서 방으로 들어가 버렸다.

"성질머리하고는."

아줌마가 소파에서 일어나 부엌으로 갔다. 랑이 팽개친 오믈렛을 마저 만들려는 것 같았다.

"리사, 다음 주 화요일에 DNA 검사하러 가는 거 알지?"

진이 말했다. 두 사람의 대화를 아예 듣지 못했다는 듯한 말투였다.

"알아."

나는 충치를 빼러 가는 아이처럼 무겁게 대답했다. 진이 내 옆으로 와 셀폰에 저장된 메모를 보여 주었다. 유전자 검사와 해외입양아지원센터 방문, 다큐멘터리 촬영 부분 출연에 관한 간단한 메모였다. 게스트하우스 네스트를 방문했던 날, 그곳에 나를 데려갔던 진이 제니퍼에게 설명을 들으며 입력했다.

나는 방송 촬영은 더 하고 싶지 않았다. 2분도 채 안 되는 시간 모두의 입을 얼어붙게 할 만큼 거침없이 말했지만 속옷까지 다 벗어 던진 기분이었다. 그리고 단 한 장뿐이지만 입양 서류가 있으니 굳이 방송에 얼굴을 내밀 필요는 없을 것이다. 입양을 담당했던 기관과 친엄마의 이름, 아마도 친엄마가 지어 주었을 내 이름과 정확한 생년월일, 해외입양아지원센터에서 알게 될지도 모를 또 다른 정보들. 이 정도면 무작정 덤비기는 아닐 것이다. 어쨌든 제니퍼에겐 고마운 마음이다.

제니퍼는 36년 전 미국 미주리주로 입양된 고아였다. 지금의 한국인 남편과는 유럽 여행 중 만나 결혼까지 하게 되었다고 한다. 그들은 아침 식사 포함 하루 14달러 정도의 숙박비만 받고 게스트하우스를 운영하고 있었다. 제니퍼는 한국의 친부모는 찾지 못했고, 생후 9개월까지 자신을 길러 준 위탁모를 만나 새해가 될 때마다 인사를 하러 간다고 했다.

제니퍼 부부는 잠깐만 얘기를 나눠 봐도 훌륭한 인품이 느껴지는 사람들이었다. 하지만 나는 그곳에 머무는 게 어떻겠냐는 그들의 제안을 사양했다. 나와 같은 처지의 사람들과 교류하며 부담없이 머물 수 있는 곳? 그건 분명히 맞는 말이었지만 어쩐지 내키지 않았다. 미안하지만 그런 공감대는…… 너무 우울할 것 같았다. 양엄마 데이나의 말대로 난 정말 별스러운 아이임이 틀림없다.

*

진의 집은 고층 아파트 17층, 커다란 TV가 있는 거실의 유리문으로 빽빽하게 들어선 흰색 아파트가 파노라마처럼 내다보였다. 아파트 빌딩과 빌딩 사이로는 조그만 정원 길들이 깔끔하게 이어져 있었다. 동서남북 어디나 똑같은 풍경. 이곳에 사는 사람들은 모두 똑같은 음식을 먹고, 똑같은 생각을 하고, 똑같은 시간에 잠이 들고 깨어날 것 같았다. 랑의 방에서 내다보이는 밤 풍경도 단조로웠다. 위아래 양옆으로 줄지어 창을 채운 같은 색의 조명 불빛들뿐이었다.

가방에서 입양 서류와 사진을 꺼냈다. 영문으로 된 서류는 입양 동의서였다. 장미라. 친엄마의 것으로 보이는 친필 사인 옆에 색

바랜 도장이 찍혀 있었다. 사인은 한쪽으로 넘어질 듯 기우뚱했다. 내용은 간단했다. 친생모가 친권자로서 모든 권리를 포기하며, 아이의 장래를 위해 입양을 위한 모든 법적 절차를 입양 기관에 의뢰한다는 게 전부였다. 이 서류에서 알 수 있는 정보는 내 이름과 친엄마의 이름, 입양 동의서를 쓴 날짜, 입양 기관의 이름뿐이었다. 내가 태어난 날짜는 사진 뒷면에 적혀 있었다. 'birthday'라고 쓴 글자가 반듯했다. 입양 당시에 찍은 듯한 독사진은 오른쪽 아랫부분에 곰팡이가 슬어 더 심란해 보였다.

"뭐 해?"

화장실에 갔다 온 랑이 침대 모서리에 걸터앉았다.

"와우, 이 아기가 리사? 진짜 큐트했당."

랑이 내 사진을 보고 감탄했다. 놀란 듯 눈을 부릅뜬 여자 아기는 촌스러운 분홍색 원피스를 입고 머리에 분홍색 리본 밴드를 두르고 있었다. 딸랑이를 잡은 손이 놓치고 싶지 않은 무언가를 꽉 움켜쥐려는 듯 단단해 보였다.

"세포 분열이 폭발적이었나 봐. 요렇게 작았던 애가 지금은 완전 수영 선수 같잖아."

랑은 사진과 나를 번갈아 보며 장난스럽게 말했다.

"윤미지? 리사 한국 이름이 윤미지였구나. 예술가 이름 같아."

입양 서류의 내 한국 이름을 보고 랑이 말했다.

"아티스트?"

나는 어깨를 으쓱하고 웃었다. 아줌마에게 함부로 굴 땐 말도 걸고 싶지 않았는데, 이렇게 다정한 척하니 마음을 풀 수밖에. 랑에게 미지의 뜻을 말하고 싶진 않았다. 굳이 창피한 얘길 할 필요는 없잖아.

'미지'의 뜻은 진이 알려 주었다. 공항에서 만나 집으로 올 때 내가 물어보았다. '어떤 사실을 아직 알지 못함.' 나는 좀 충격을 받았다. 왜 그런 이름을 지었는지 이해할 수 없었다. 축복받지 못한 운명을 평생 광고하고 다니도록 할 생각이 아니었다면 말이다. 진은 내 이름이 신비한 느낌을 준다고 했지만 나에겐 오직 한 가지 의미로만 다가왔다. '내가 누군지 알 수 없음.' 웁스. 나와 비슷하게 생긴 사람들이 대부분인 공항 지하철 안에서 나는 움츠러들었다.

"난 내 보금자리로 들어간다."

랑이 침대에서 일어나 텐트로 들어갔다. 이제 잠들기 전까지 친구들과 채팅을 할 것이다. 랑은 틈만 나면 친구들과 셀폰으로 채팅을 했다. 양손 엄지를 어마어마한 속도로 놀리면서. 손을 움직일 때마다 큐빅이 촘촘히 박힌 폰 케이스가 반짝거렸다. 나는 큐빅의 수만큼 랑이 부러웠다.

입양 서류에 적힌 한국 이름 밑에는 내 몸처럼 익숙한 미국 이름이 굵은 펜글씨로 쓰여 있었다. *Risa Miller*. 아빠는 그 이름에 한국 이름을 끼워 넣지 않았다. 뉴저지의 공립학교 7학년 때 만난 입양아 아이비는 '문'이라는 한국의 성을 미들 네임으로 가지고 있었다. 아이비 문 어셔. 아이비는 자신의 미들 네임에 양부모님의 사랑이 담겨 있다고 말했다. 나는 아이비의 미들 네임으로 뭐가 끼어 들어갔든 알 바 아니었다. 중요한 건 나를 미국으로 데려온 사람이 나의 아빠 마이클이라는 사실뿐이었다. 그런 생각은 아이비를 따라 한국어 서머스쿨에 다닐 때도 달라지지 않았다.

입양 서류를 가방에 집어넣고 타로 카드를 꺼냈다. 한국에 와서 처음 만져 보는 타로 카드였다. 과연 나를 낳은 엄마를 찾을 수 있을지, 타로에게 물어볼까? 타로는 콜로라도에 머물 때 진의 홈스테이 주인집 할머니에게서 배웠다. 가브리엘과 진이 학교에 가 있는 동안 시간을 때우기 딱 좋은 도구였다. 게다가 재미있기까지 했다. 커다란 집에 혼자 사시는 할머니는 할 일이 생겼다고 좋아하면서 늘 맛난 간식까지 준비하고 나를 기다렸다. 이 타로 카드도 할머니가 선물로 주셨다.

침대 위에 보라색 스웨이드 천을 펼쳤다. 친엄마를 찾을 수 있을까? 질문을 다시 한 번 생각하고 카드를 섞은 다음 부채처럼 둥글게 펼쳤다. 왼손으로 카드를 석 장 뽑았다. 마이너 검 9번과 메이저 18번 달, 1번 마법사 카드가 차례로 나왔다. 해석은 어렵지 않았다. 앞으로 펼쳐질 일에 스트레스가 심하다. 일이 쉽게 풀리지는 않을 것이다. 엄마를 찾는 일 자체가 겁나고, 뜻밖의 일이 생겨 패닉이 올 수도 있다. 그러나 포기하지만 않는다면 결국엔 만날 수 있을 것이다……. 이 정도면 나쁘지 않았다. 뜻밖의 일? 얼마든지 덤비라지. 아빠 마이클을 잃고도 지금까지 버텨온 몸이신데 뭐. 능력 있고 강한 에너지를 가진 메이저 마법사 카드가 결과 카드로 나온 건 긍정적이었다. 하지만 낯선 나라 한국에서의 엄마 찾기가 아직은 실감 나지 않았다.

진이 빌려준 컴퓨터로 가브리엘에게 이메일을 보냈다.

안녕, 가비.

어떻게 지내? 고집쟁이 리사는 잘 지내고 있어. 정말 흥미로운 진의 집에서. 진 엄마는 영원히 어린아이로 살 것 같은 연극배우고, 진의 여동생 랑은 나와 동갑인데 귀여운 철부지야. 그리고 진은 미국에서 봤던 것과는 조금 다른 모습. 가족을 이끄는 가장 같다고 할까? 진의 아빠는 오래전에 돌아가셨대.

한국에서 불편한 점은 딱 두 가지야. 첫째, 한국말을 완벽하게 알아들을 수 없다는 것. 둘째, 때때로 삭힌 음식이나 매운 음식을 먹어야 한다는 것. 하지만 부쩍부쩍 한국말에 귀가 열리고 있고, 진과 랑이 해 주는 요리 덕분에 혀가 익사이팅할 때가 많아. 진 엄마는 집안일엔 관심도 없는데, 두 딸은 그걸 당연하게 생각하는 것 같아. 재밌지?

서울은 고층 아파트 천지야. 가난한 이들을 위해 만든 미국의 임대 아파트나 장기 투숙 호텔 같은 고급 아파트는 아닌데, 굉장히 많은 사람들이 아파트에 살고 있어. 멋없는 건물에 비해 실내는 상당히 효율적으로 만들어졌어. 거실이 마당 같고, 그 거실에서 방이며 부엌이며 욕실로 이동해. 맨발로!

이 집에서 신세를 지게 될 줄 알았다면 콜로라도에서 진에게 잘 했을 텐데. 그땐 자존심을 똘똘 뭉쳐 언제든지 던질 태세를 하고 있었지. 어쨌든, 며칠 더 쉬고 나서 본격적으로 진과 움직이기로 했어. 응원 보내 줘.

리사로부터.

*

"이번 정차할 역은 녹사평, 녹사평역입니다. 내리실 문은 오른쪽, 오른쪽입니다. 넥스트 스탑 이즈……."

지하철에서 안내 방송이 나올 때마다 출입문 위의 노선도를 올려다보았다. 녹사평역 다음이 이태원역. 이태원은 한국 속의 작은 미국 같다고 랑은 말했다. 정말 그 말이 맞는지 열차 안엔 흑인과 백인이 꽤 여러 명 눈에 띄었다. 일요일인 오늘 랑이 이태원 구경을 하자고 했다. 이제 시차 적응도 됐으니 오케이. 랑은 친구 옷 사는 데 따라갔다 온다며 이태원역에서 바로 만나자고 했다.

나는 한 시간쯤 일찍 나와 한국 속의 미국을 돌아다녀 보기로 했다. 빠삐용을 혼자 두고 나오기가 미안해 오전 내내 놀아 주었다. 토요일인 어제 첫 공연을 올린 아줌마는 늦은 모닝커피를 마신 뒤 사자 머리도 벗지 않고 나갔다. 더블 캐스팅이고 오늘은 비번이지만 공연 초반이라 체크할 게 많다고 했다. 진은 학교 친구들과 MT를 마치고 오후 늦게 돌아온다. 다음 주부터는 조금 바빠질 것이다. 진은 수업이 없는 수요일을 최대한 이용해 움직이자고 했다.

승객들은 하나같이 이어폰을 귀에 꽂은 채 셀폰에 눈을 박고 있었다. 모두 무언가에 조종을 당하고 있는 것 같아 왠지 오싹했다. 내 손에도 폰이 들려 있었다. 진은 구닥다리 공짜 폰이고 요금도 저렴하니 편하게 쓰라고 했다. 주소록에는 진과 랑, 아줌마, 가브리엘의 전화번호가 입력돼 있었다.

어느새 이태원역, 하차한 사람들을 따라 지상으로 올라왔다. 나오자마자 배스킨라빈스가 보여 반가웠던 것도 잠시, 나는 랑의 말이 무슨 뜻이었는지를 깨달으며 멍하니 서 있었다. 한국 속의 작은 미국. 세상의 모든 인종이 다 몰려든 것처럼 온 거리가 컬러풀하고 시끄럽고 정신없었다. 뉴저지 미들섹스 카운티 북부의 에디슨은 인구 10만 정도의 작은 도시다. 그런데 이태원에 몰려든 사람들만 다 합해도 10만 명은 넘을 것 같았다.

어깨에 멘 가방에서 스프링이 달린 공책을 꺼냈다. 가장자리가 닳고 닳은 겉장에 'Pebbles(조약돌)'라는 글자가 적힌 오렌지색 공책이었다. 모서리를 잡고 후륵 넘겨 아무것도 없는 흰 면을 펼쳤다. 펜을 꺼낸 다음 배스킨라빈스부터 걸어가며 길을 그리기 시작했다. 조약돌을 하나씩 떨어뜨리듯, 상점이나 건물 이름을 하나하나 써넣으며 길을 이어 나갔다. 은행을 지나 마트에서 골목으로 들어섰다. 공책에다 꺾어진 길을 그리고, 환전소와 맞춤 양복점, 술집 등 눈에 띄는 대로 길 양쪽에 적었다. 백인과 흑인들이 어슬렁대는 거리는 미국의 어느 변두리 뒷골목 같았다.

사람들 몇 명이 줄을 서서 기다리는 와플 가게에서 뒤를 돌아보았다. 공책에 적어 넣은 가게들이 군데군데 보였다. 이렇게 그려 나가다가 거꾸로 오면 지하철역이 나오겠지? 와플 가게에서 다시 왼쪽 골목으로 들어섰다. 피자 가게와 작은 술집들, 장신구 숍, 스테이크 레스토랑이 이어졌다. 오르막길이 나타나 레스토랑 옆 골목으로 빠졌다. 공책에 그린 지도가 조금씩 복잡해지기 시작했다. 단층집들이 많은 주택가엔 게스트하우스와 헤어숍, 스탠드바가 드문드문 보였고 골목은 조용했다.

나는 다시 상점들이 보이는 오른쪽으로 발걸음을 옮겼다. 공책에 길을 하나 더 만들고 맥줏집, 편의점, 양고기 전문 레스토랑을 적었다. 하지만 나는 당황하고 있었다. 길을 몇 번 꺾어 들면서 방향 감각을 잃은 것이다. 어느 지점부터인지 그림이 왜곡되기 시작한 것 같았다. 거꾸로 길을 되짚어가고 싶었지만 어디가 어딘지 알 수 없었다. 오 마이 갓. 이태원은 뉴저지 에디슨과도 달랐고 뉴욕과도 달랐다. 길이 반듯반듯하지 않고 나뭇가지 뻗듯 느닷없이 갈라지기도 했다. 미국에서 온 촌뜨기가 혼자서 다닐 수 있는 길이 아니었다. 바보 멍청이가 된 것처럼 나는 사람들에게 길을 물을 용기도 나지 않았다.

공책을 덮어 가방에 넣고, 미로에 갇힌 생쥐 꼴이 되어 이리저리 골목을 돌았다. 온몸에 힘이 빠지고 다리가 후들후들 떨렸다. 머리가 아프고 진땀이 났다. 얼마나 길을 헤맸을까. 옷 가게가 많고 독특한 음식점과 카페들이 늘어선 거리가 나왔다. 대체 여기가 어디쯤이지? 주머니 속 셀폰을 만지작거리며 걷다가 오른쪽 길로 접어들었다. 벽에 '이태원시장'이라고 쓰인 건물이 나타났다. 랑에게 SOS를 치자. 시장을 지나쳐 폰을 꺼냈다. 화면을 터치하려는데 통화음이 울렸다. 깜짝이야.

화면에 뜬 이름은 랑. 초록색 원형 속 전화기를 터치했다.

"랑……."

길을 잃어버렸다고 말하려다 입을 다물었다. 시장 길을 막 빠져나온 참이었다. 버스와 택시, 승용차들이 달리는 큰길에서 왼쪽으로 고개를 돌렸는데 너무나 친숙한 녀석이 내 눈으로 빨려 들어왔다. 두 개의 길쭉한 봉우리를 이룬 노란색 M자. 맥도날드가 바로 코앞에 있었다. 아니, 이게 누구? 얼마나 반가운지 손을 번쩍 들어 흔들 뻔했다. I'm lovin' it!

"나 맥도널 앞에 있어."

길을 잃어버렸다는 말은 할 필요가 없었다. 이태원을 잘 아는 랑이 큰길가의 맥도날드를 모를 리 없을 테니까. 랑은 곧 도착한다며 안으로 들어가 있으라고 했다.

맥도날드는 이층에 있었다. 나는 일층 상점에 얼마나 멋진 신발들이 진열돼 있는지 눈여겨보지도 않은 채 단숨에 계단을 뛰어올랐다. 뉴저지 에디슨의 중심가에라도 온 것처럼 안심이 되었다.

"빅맥 세트!"

주문대에서 내 차례가 왔을 때 나는 기운차게 말했다. 주문대 위쪽 메뉴판의 큼직한 세트 메뉴 사진을 봐두었다.

"또 필요한 건 없으십니까?"

머리에 무선 마이크를 낀 크루가 물었을 때 나는 미소를 보냈다. 그것으로 충분하다는 뜻이었다. 녹색 지폐 한 장을 내고 거스름돈을 받는 일도 척척 해냈다. 달러와 원화가 모두 통용된다는 안내판이 보였지만, 나는 지갑에서 달러를 꺼내는 일 따윈 하지 않았다.

"맛있게 드십시오."

자동인형처럼 인사를 건넨 크루는 나에게 아무런 관심도 보이지 않았다.

햄버거 세트를 플라스틱 쟁반에 받쳐 들고 창가로 와 앉았다. 손님은 나 말고 세 팀. 그들은 탁자 가득 쌓아 놓은 햄버거 세트를 먹고 있었다. 머리를 가닥가닥 땋아 내린 흑인 여자아이와 후드 재킷을 똑같이 입은 흑인 부부가 한 팀, 뉴욕양키즈 모자를 돌려쓰고 수염을 기른 백인 청년과 손톱에 파란 매니큐어를 한 한국 여자가 또 한 팀, 중년의 백인 신사와 동남아계로 보이는 비쩍 마른 여자가 나머지 한 팀이었다. 흰 손뜨개 모자를 쓴 아랍계 남자가 주문대의 크루에게 먹고 싶은 메뉴를 말하는 사이, 백인 청년 두 명이 일 층에서 올라오며 시끄럽게 떠들어댔다. 막힘없이 쏟아지는 영어가 꽉 막혔던 가슴을 뻥 뚫어 놓았다.

햄버거 맛은 별로였다. 하지만 움츠러들었던 마음은 든든해졌다. 가방에서 다시 공책을 꺼냈다. 겉장에 그려진 미키마우스의 멋진 턱시도가 낡아 보였다. 파란색 글자도 색이 바래 오래된 티가 줄줄 났다. 'Pebbles.' 내가 툭하면 길을 잃었던 그 옛날, 아빠 마이클은 이 공책에 굵은 펜으로 '조약돌'이란 단어를 써 주며 말했다.

"헨젤은 조약돌을 떨어뜨려 집을 찾았지? 리사는 이 공책에 길과 집의 이름을 떨어뜨리는 거야. 리사가 가는 길을 그리고, 그 위에 길의 이름을 적고, 그 길에 있는 건물과 상점의 이름도 적고……."

공책을 앞장부터 차례로 넘겼다. 연필과 색연필로 꼼꼼히 그린 길들과 집들이 한 장씩 모습을 드러냈다. 뉴저지 에디슨이 오밀조밀 옛이야기를 들려주는 것 같았다. '조약돌'이란 이름의 공책이 필요 없게 된 것은 그로부터 2년 후, 내가 학교에서 미술과 수학으로 두각을 나타내며 재미를 붙여 가고 있을 때였다.

나는 공책을 가슴에 품고 창밖 하늘을 올려다보았다. 마이클, 나의 아빠. 아빠는 조금 전 길을 잃고 정신 나갔던 나를 내려다보며 씨익 웃었겠죠? 몇 입 베어 먹은 햄버거를 밀어 놓고 주변을 돌아

보았다. 그 사이 흑인 가족은 자리를 떴고, 그들이 앉았던 자리에서 한국 여자 둘이 햄버거를 먹고 있었다. 쇼핑을 했는지 빈 의자에 놓인 쇼핑백을 수시로 들여다보며 이야기를 주고받았다. 그들은 가죽 부츠를 싼값에 흥정해 샀거나 “프라다, 구찌, 페레가모 다 있어요!” 외치는 호객꾼에게 이끌려 명품 모조 핸드백을 샀는지도 모른다. 랑은 말했다.

“이태원은 짝퉁 천국이야. 명품을 밝히는 한국 여자들에게 인기 짱이지.”

랑은 한국의 모조품은 너무도 진짜 같아 외국인 관광객들에게도 인기라고 했다. 완벽하게 한국인으로 보이는 미국인, 나는 여기서 진짜일까 가짜일까?

“리사!”

마침내 랑이 등장했다. 꽉 끼어 터질 듯한 검은 데님 진에 가슴이 팽팽히 잡히는 빨간 재킷, 검은 페도라를 쓴 모습이 눈에 확 띄었다.

“쇼핑 재미났어?”

“리사, 나 여기 갔다 오는 길이야.”

내 앞에 앉은 랑은 리플릿 하나를 테이블에 올렸다. ‘예스 미국 유학원’이라는 글자가 큼직하게 쓰여 있었다.

“나 미국 유학 가려고. 리사만 알고 있어. 탑 시크릿이야.”

랑은 듣는 사람도 없는데 고개를 바짝 숙이고 목소리를 낮췄다.

"유학?"

"응, 외국 나가서 공부하는 거."

랑은 'studying abroad'라고 번역까지 해 주었다. 그런데 갑작스레 유학을 간다고? 유학이 가족 몰래 가는 여름휴가인 줄 아나 보지?

"왜 유학 가? 왜 탑 시크릿이야?"

나는 플라스틱 콜라 컵에 꽂힌 스트로를 입에 물고 씹었다.

"유학을 가야 하는 이유? 두 가지야. 첫째, 한국에서 현재는 지옥이며 미래는 어두운 고생길이다. 둘째, 집에서 간절히 탈출하고 싶다. 즉, 도망치고 싶다. 두 번째 이유가 가족이 몰라야 하는 이유야."

무슨 얘기를 하는지 알 수 없었다. 무엇이 지옥이고 왜 도망을 가야 하지? 내 감이 맞는다면 첫 번째 이유보다는 두 번째 이유가 더 클 것이다. 아줌마의 남자친구 때문이겠지.

"아줌마 남자친구, 랑에게 잘못했어?"

나는 슬쩍 넘겨짚었다.

"그건 잘했느냐 잘못 했느냐의 문제가 아니야. 좋고 싫음의 문제지."

내 짐작이 틀리지 않았군.

"엄마 그 아저씨랑 일 년 반쯤 사귀었거든? 정말 짜증나는 남자야. 엄마한테 지극정성인 것 같지만 언제나 자기가 원하는 대로 해 주길 바라는 이기적인 남자. 즉, 자기밖에 모르는 남자라고. 엄마 공연 들어가는데 영어 숙제 내 주는 거 봐. 그 남자 고등학교 영어 선생님이거든. 자그마치 엄마보다 6년 연하이심. 여섯 살 어리다고. 위험해 보이지 않아?"

얘기를 들을수록 이해되지 않았다. 아저씨가 자기밖에 모르는 남자란 말은 근거가 없었고, 하루에 영어 두 문장 외우기를 책 두 페이지 외우라고 한 것처럼 말하는 건 억지스러웠다. 게다가 아저씨가 아줌마보다 여섯 살 어려서 위험하다니, 말이 되지 않았다.

"할머니한테는 유학 갈 거라고 얘기했어. 아, 우리 아빠의 엄마. 유학비용 대줄 사람은 할머니밖에 없거든. 실버타운에 사시는데 진짜 부자야. 아까 문자 보냈는데 아직도 답장이 없네? 아이구, 골치야, 머리 싸매고 계시겠지. 엄마도 곧 알게 될 거야. 할머니 입이 무거운 편은 아니니까."

하는 짓이 타로 카드의 완드 기사 같았다. 행동부터 앞서고 생각 없이 덤비는 미성숙한 인물. 아빠가 안 계시지만 그 밖엔 부족한 게 별로 없는 랑아, 그거 아니? 네 앞에 있는 애는 가진 거라곤 오직 미국에 두고 온 친구 하나뿐이라는 걸. 나는 쿠르륵쿠르륵 콜라만 빨아들였다.

"리사, 울 엄마가 알게 되면 나 좀 도와줘. 미국의 에듀케이션 시스템이 얼마나 훌륭하고 인간적인지, 그런 얘기 좀 해 달라고. 엄만 분명히 나한테 '알 유 크레이지? 샷 업' 할 거거든."

"노 프로미시즈(No promises, 장담은 못 해)."

랑과 좋은 친구가 되고 싶지만 이 애가 유학을 가야 하는 이유에는 조금도 공감할 수 없었다. 그리고 미국의 교육 시스템이 얼마나 좋은지도 몰랐다. 1, 2학년 정도 빼곤 학교에 다니면서 행복했던 적도 별로 없었고.

"랑, 햄버거 안 먹어?"

나는 잊고 있었다는 듯 물었다. 유학 얘기에서 빠져나가고 싶었다.

"좀 있다 그냥 나가자. 난 미국 쇠고기 안 먹거든."

"뭐?"

"나 초딩 때 30개월 넘은 늙고 병든 미국 쇠고기 수입하게 돼서 난리 났었거든? 그때부터 우리 집은 미국산 쇠고기랑 바이바이 했어."

미국에서 늙고 병든 쇠고기를 팔다니?

"미국은 나빠. 자기들도 안 먹는 쓰레기를 팔아먹는 게 어딨어?"

기분이 상했다. 제대로 알고 하는 말이야? 미국에서 그런 얘기를 들어 본 적이 없었고, 아빠 마이클은 언제나 미국이 인류의 평화에 앞장서는 아름다운 나라라고 했었다. 강도의 총격으로 아빠가 죽었을 땐 미국을 잠시 의심하기도 했지만, 그 일은 미국이 아니라 한 악당이 저지른 사고였을 뿐이다.

"미국 쇠고기 나빠? 그럼 한국 소 먹으면 돼. 불평은 재미없어."

목소리가 딱딱하게 나왔다.

"진 언니가 그러는데, 힘센 놈이 목을 조이면서 사 먹으라 하니까 약한 놈이 '네, 알겠습니다' 한 거래. 한국 정부가."

랑의 말은 미국을 모함하기로 작정한 것처럼 들렸다. 참을 수 없었다.

"미국은 베이비들, 외국으로 팔지 않아."

"……."

랑은 입을 다물고 리플릿만 만지작거렸다. 놀란 것 같았다. 내 입을 꿰매 버리고 싶었다. 멍청아, 지금 누구 집에서 신세를 지는데, 누구 방에서 잠을 자는데!

"아임 쏘리. 하지만 난…… 미국인이야."

창피하게도 말이 울먹거리듯 나왔다.

"리사, 〈가십걸〉에서 세레나랑 블레어 중 누가 더 예뻐?"

내 얼굴만 쳐다보던 랑이 느닷없이 미국 드라마 얘길 꺼냈다. 분위기를 바꿔 보자는 계산이겠지.

"나, 〈가십걸〉 보지 않아."

"리얼리? 미국 여자애가 어떻게 〈가십걸〉을 안 볼 수 있어? 우리 국적 바꾸자. 안 그래도 미국으로 뜨고 싶은데."

나오려던 눈물 대신 웃음이 나왔다.

"미국 가면 미국 쇠고기 먹어야 해."

내 응수에 랑은 하하, 시원하게 웃음을 터뜨렸다. 쿨한 랑, 미국과 네 엄마에게 시비 좀 걸지 마.

*

유전자 검사에 참여한 인원은 모두 열두 명이었다. 게스트하우스 네스트에서 본 사람들이 대부분이고 낯선 얼굴도 몇 있었다. 제니퍼가 우리를 인솔해 왔다. 방송팀이 따라다니며 촬영을 했지만 신경 쓰지 않았다. 그들을 위해 내가 할 일은 없었으니까.

자리 배치는 긴 테이블 하나에 네 명씩 앉도록 되어 있었다. 메간과 나는 둘째 줄에 앉았다. 영문으로 된 유전자 검사 신청서와 유전자 검사 동의서를 작성해 친필 서명을 하고, 신분증을 대신할 여권도 꺼내 놓았다. 작성한 서류를 담당자가 걷으러 다니는 동안 메간과 전화번호를 주고받았다. 메간은 나중에 둘이 한번 볼 수 있기를 바란다고 했다. 나는 공감의 뜻으로 활짝 웃어 주었다. 메간 같은 멋진 어른이라면 단둘이 만나도 좋을 것 같았다.

검사를 하기 전, 연구원 한 명이 연구소 소개와 함께 유전자 검사 절차를 영어로 설명했다. 연구소에서 사회 공헌을 위해 어떤 일들을 하는지 말할 때는 박수 소리가 나기도 했다. 연구소에서 하는 일 중엔 해외 입양인들을 위한 유전자 검사도 포함돼 있었다. 우리가 할 일은 뽑은 머리카락을 검사원에게 주고 구강 상피세포를 채취하도록 입을 벌리는 게 다였다.

지금까지 유전자 검사를 신청한 친부모가 100명도 안 된다는 말에 누군가 오 마이 갓, 놀라기도 했다. 해외 입양 60여 년 동안 외국으로 입양된 아이들 수가 20만 정도나 된다는데 고작? 모두가 그런 생각을 했을 것이다. 우리 같은 사람들은 어디에서 날아들지 모를 충격에 늘 대비하고 있어야 한다.

내 앞자리에 앉은 루카스 아저씨는 흰 가운을 입은 검사원 앞에서 입을 크게 벌리고 있었다. 검사원은 긴 면봉을 넣어 능숙한 솜씨로 여러 번 입안을 긁었다. 그렇게 채취한 구강 상피 세포를 빠닥빠닥한 필름 백에 넣고 밀봉하는 것 같았다. 그것은 영구적으로 냉장 보관된다고 했다. 머리카락도 특수 용액 처리된 모근 보관진용 가드에 넣어져 장기간 보관된다고 했다. 비디오카메라를 든 방송국 스태프 두 명이 루카스 아저씨 가까이에서 촬영을 했다. 조금 전 머리카락을 뽑을 때도 그랬듯 아저씨는 인생에서 가장 중요한 테스트를 받는 것처럼 진지했다. 메간과 나는 그런 광경을 숨죽인 채 바라보았다.

오전에는 한옥마을과 광장시장을 돌아보았다. 네스트에서 마련한 스케줄이었다. 한옥마을은 좁은 골목을 따라 형성된 조용하고 단정한 마을이었다. 큰길가에는 서양식 건물들이 들어섰고 한옥들은 그 안쪽으로 숨어 있었다. 미로처럼 구불구불 이어지는 골목을 돌아다녔다. 집집마다 네 귀퉁이가 날렵하게 치켜 올라간 기와지붕과 돌로 쌓은 담, 두 짝으로 여닫는 나무 대문이 멋져 보였고, 이따금 열린 문으로 들여다보이는 마당과 항아리들과 작은 화단이 마음을 끌었다. 바짝바짝 어깨를 맞댄 한옥들을 구경하다 보면 꽤 그럴싸한 저택들도 나왔다. 드높은 담 안으로는 잘 가꾼 소나무와 육중한 기와지붕만 보였다.

이리저리 구부러지고 이어지는 길들은 정다운 옛날이야기처럼 느껴졌다. 하지만 한옥마을은 서울의 지극히 작은 부분만을 차지한 채 서양식 건물들에 잡아먹히고 있는 것 같았다. 한옥인지 뭔지 모를 국적 불명의 집들도 곳곳에 눈에 띄었다.

별 기대 없이 따라간 광장시장은 퍽 재미난 곳이었다. 나에게는 이태원보다 훨씬 흥미로웠다. 한국 속의 작은 미국이라는 이태원은 나에게 특별한 인상을 주지 못했다. '내가 지금 한국에 있는 것 맞나?' 하는 생각이 들었을 뿐이다. 광장시장은 상가도 아니고 노점도 아닌 시장이 긴 골목을 따라 형성돼 있었다. 100년이 넘는 역사를 가졌다고 방송국 스태프 한 명이 알려주었다. 골목 한가운데로 각종 음식을 파는 가게가 작은 부스들처럼 이어져 있었다. 먹을거리가 넘쳤고 수북이 쌓인 빈대떡과 전, 순대 같은 음식들이 하나하나 발길을 붙잡았다.

푸짐하고 다양한 먹거리만큼이나 한국식 친절도 넘쳤다. 돈도 받지 않고 음식을 입에 넣어 주기도 하고, 수다스러운 이웃처럼 말을 붙이기도 했다. 열두 명의 입양인들을 한국을 방문한 이민자들인 줄 아는 것 같았다. 우린 개의치 않고 그들의 관심을 즐겼다. 빈대떡을 먹으며 그 속에 뭐가 들었는지 알아맞히는 게임도 했다. 포테이토가 들어갔다고 말한 스웨덴 아줌마가 빈대떡값을 지불했다. 유전자 검사를 앞둔 입양인들이 아니라 여행자들처럼 모두가 즐거워했다.

“리사, 우리도 머리카락 뽑아 볼까?”

루카스 아저씨와 프로듀서의 인터뷰를 지켜보던 메간이 말했다. 자기 머리카락을 몇 가닥 집어 올리고 있었다.

“좋아요.”

나는 앞으로 흘러내린 머리카락을 한 가닥 뽑았다. 우리 앞줄은 머리카락과 구강 상피 세포 채취가 거의 끝나가고 있었다.

“머리카락으로 친부모를 찾을 수도 있다니 신기하지 않아?”

메간은 방금 뽑은 검은 머리카락을 들여다보며 말했다. 길이가 짧아 내 머리카락의 반밖에 되지 않았다.

“네, 하지만 신의 사자가 특별한 행운을 가져다주는 사람만 그 신기한 일의 주인공이 되겠죠. 백 명, 아니 천 명 중에 한 명?”

“천 명 중에 한 명이 리사나 내가 되지 말란 법도 없지.”

“의지에 가산점을 준다면 나보다는 메간이 되겠네요.”

“누구든 행운의 주인공이 된다면 얼마나 멋진 일이야.”

메간은 나에게 찡긋 윙크를 했다. 앞에 있던 프로듀서가 우릴 보고 웃었다. 카메라 한 대가 계속 메간을 따라다니며 촬영을 하고 있었다. 메간은 카메라를 보지 않고 나를 챙겼다. 메간의 양부모님은 분명 좋은 분들일 거야. 인생의 첫 상처를 깨끗이 치유 받은 것처럼 메간은 따뜻하고 긍정적인 에너지를 가지고 있었다. 옛 친구 아이비가 생각났다. 그 애도 한때 놀라운 의지와 에너지로 나를 압도했었다. 메간과 차이점이 있긴 했다. 메간의 긍정이 윤기 있고 산뜻하다면 아이비의 긍정은 건조하고 악착같았다.

그 앤 아직도 작가가 되는 게 꿈일까? 영어를 모국어로 사용하는 이방인들의 삶을 소설로 써 보고 싶다고 말한 게 겨우 7학년 때였다. 그게 바로 자신을 이해해 나가는 과정이 될 거라고 했다. 아빠 마이클의 바짓가랑이나 붙잡고 다녔던 나에 비하면 생각이 한없이 깊고 조숙한 애였다.

"메간의 한국 고향은 어디에요?"

머리카락을 손에 쥔 채 메간에게 물었다.

"부산. 그것밖에 몰라. 한국에서 두 번째로 큰 도시라는데 그게 다 우리 집이었나 보지?"

메간은 카카오 열매를 씹은 것처럼 씁쓸하게 웃었다.

"이성주라는 내 한국 이름도 보육 시설에서 지어 줬대. 내 생일도 거기서 정해 줬고. 그래서 나한테는 유전자 검사가 중요하다는 말씀."

메간은 머리카락을 높이 들어 올렸다.

"머리카락을 유심히 들여다보시네요."

방송국 스태프 한 명이 영어로 메간에게 말했다. 프로듀서가 필요할 때마다 통역을 해 주던 스태프였다.

"검은 머리카락을 보고 있으니 한국인이라는 생각이 드시나요?"

메간은 고개를 갸웃하더니 대답했다.

"나는 정서적으로나 문화적으로 뼛속까지 미국인입니다. 내 뿌리를 찾고 싶을 뿐 한국인이라는 생각은 하지 않아요."

메간의 분명한 대답에 스태프는 "아……" 하더니 더 이상 질문하지 않았다.

멋졌어요, 메간. 왠지 고소했다. 훌륭하게 성장해 돌아온 입양인들을 대견해 하는 건 이해할 수 있었다. 부모에게 버림받고 먼 나라로 갔던 아이들이 훌륭하게 성장해 변호사, 언론인이 되어 한국을 찾았다? 얼마나 상한 일인가. 하지만 자신을 버린 나라를 '나의 나라'로 생각해 주길 바라는 건 어이없었다. 한국에서 입양아들을 위해 뭘 해 줬다고.

"이제 우리 줄이다."

첫째 줄 검체 채취가 끝났을 때 메간이 말했다. 검사원 두 명이 필요한 도구를 들고 우리 줄 왼쪽 끝자리로 왔다. 메간이 손바닥에 머리카락을 올려놓았다.

"이 머리카락은 가족을 찾는 퍼즐 조각이야. 친부모님이 나를 위해 내 것과 맞아떨어지는 퍼즐 조각을 내놓는다면 기적이 일어나겠지."

그렇게 된다면 메간에겐 정말 기적 중의 기적이 될 것이다. 알고 있는 사실이라곤 자신이 버려진 도시의 이름과 입양되기 전 6개월간 머물렀던 시설의 이름뿐이라니까.

새카만 머리카락을 뽑아 들고 있으니 아주 오래전의 기억이 되살아났다. 쌍꺼풀 없이 옆으로 긴 눈과 노란 피부, 검은 말총머리 때문에 수난을 당했던 그 옛날의 일들이. 어린 나에게 따라다녔던 끔찍하고 지긋지긋했던 노랫소리가 아직도 기억에 생생하다. 칭크* 칭크 옐로 치크, 옐로 치크 옐로 몽키! 칭크 칭크 옐로 치크, 옐로 치크 옐로 몽키…….

* 중국인을 비하해 부르는 말로 서양에서 동양인을 비하할 때 사용한다.

칭크 칭크 옐로 치크!!

뉴저지의 아이들은 언제나 나를 빙 둘러싸고 고래고래 소리를 질렀다.

"칭크 칭크 옐로 치크, 옐로 치크 옐로 몽키! 더티 칭크! 옐로 국크*!"

처음엔 그 말을 알아듣지 못해 그 애들보다 더 크게 소리를 지르곤 했다.

"아우! 아우! 아우!!!!!!!"

마치 누가 목소리를 크게 내나 시합이라도 하듯 괴성을 질러대면 아이들은 귀를 막고 뒷걸음질 쳤다. 그러곤 다시 몰려와 합창

* 동양인에 대한 멸시를 담은 말.

을 했다.

"칭크 칭크 옐로 치크, 옐로 치크 옐로 몽키!"

유치원에서 나는 재미있는 놀잇감이었다. 못된 애들이 손가락으로 자기 눈 끝을 치켜 올리고 혀를 날름거리는 건 보통이었다. 내 눈이 그리 작지도 여우처럼 찢어지지도 않았는데 그랬다. 심할 땐 커다란 플라스틱 통에 나를 집어넣어 끌고 다니며 고무 공으로 위에서 내려친 후 나중엔 플라스틱 통을 쓰러뜨리기까지 했다. 기겁해 달려온 보육 교사는 그만 멈추라며 팔을 내저을 뿐 나를 위해 아무것도 해 주지 못했다.

칭크나 국크는 나를 놀리는 데 결사적이었던 매튜가 열세 살이나 나이가 많은 그의 형에게서 배운 말이었다. 그의 형이 KKK단* 이라는 소문이 돌았지만 나도 아이들도 KKK단이 뭘 뜻하는지는 알지 못했다. 어쨌든 아이들은 칭크니 국크니 하는 말을 칼처럼 휘둘렀다.

유치원에 갈 때마다 나는 지옥으로 끌려가는 아이처럼 악을 쓰며 울곤 했다. 울음을 그치게 된 건 데이나 때문이었다.

"착하게 굴지 않으면 돌려보낼 거야."

'어디로'라고 하지는 않았지만 나는 그 말이 컴컴한 동굴처럼 무서웠다.

---

* (Ku Klux Klan) 백인 우월주의를 내세우는 극단적인 비밀 결사 집단.

유치원에는 동양계 혼혈아가 두 명 더 있었지만 목표물은 언제나 나였다. 그 아이들은 백인의 모습에 가까워 다른 아이들과 크게 구별되지 않았지만 나는 완벽한 동양 아이로 보였기 때문이다. 나는 나를 못살게 구는 데 앞장서던 매튜가 죽이고 싶도록 미웠다. 처음에는 그러지 않았던 아이들도 KKK단 회원의 동생 매튜 때문에 덩달아 악마가 되어 갔다. 아니 악마가 되지 않으면 안 되었다. 나에게 착하게 굴었다간 나 대신 플라스틱 통에 들어갈 수도 있었으니까.

시간이 지나면서 지칠 만도 했지만 그 애들은 멈추지 않았다. "네 얼굴은 똥 같고 네 눈은 단춧구멍 같아"라는 말과 함께 수도 없이 옐로 칭크, 옐로 국크 하며 나를 괴롭혔다. 하지만 놀림을 받고 운 적은 한 번도 없었다. 오히려 아이들을 밀어 버리거나 뺨을 때려 울릴 때가 많았다. 아이들은 나를 슬프게 하기보다는 분노하게 만들었다. 내가 뭘 잘못했다고! 내가 아이들을 때려 양아빠 마이클과 양엄마 데이나는 몇 번이나 유치원 원장과 면담을 해야 했다. 아빠는 언제나 내 편을 들었다.

"적응이 좀 늦어서 그렇습니다. 원래는 귀엽고 착한 애지요. 아이들이 놀리지 않는다면 리사도 그 아이들을 공격하지 않을 겁니다."

데이나는 창백해진 얼굴로 원장에게 미안하다는 말만 했다. 나를 바라보는 눈빛은 복잡했다. 창피해 죽을 것 같아, 마이클이 너 같은 골칫덩이를 감싸고도는 걸 이해할 수 없어, 언제까지 널 감당할 수 있을까. 이런 생각을 하고 있었을 것이다.

면담을 한 다음 날이면 아빠 마이클이 유치원 버스가 오기를 기다렸다가 매튜에게 그러지 말라는 뜻으로 강렬한 시선을 날리곤 했다. 효과는 만점! 그러나 머리가 나쁜 매튜는 사흘도 못 가 다시 나를 괴롭혔다. 머리가 좋은 나는 녀석을 무시하는 게 최상의 방어라는 걸 조금씩 깨우치기 시작했다.

유치원에서 과학 체험전 행사를 했을 때, 뜻하지 않은 일이 생겼다. 학부모를 초청해 각 클래스 별로 다양한 과학 실험을 함께 해 보는 날이었다. 내가 속한 팬더반은 감자에 과산화수소를 넣고 산소를 발생시키는 실험을 했다. 마이클과 데이나는 산소가 제대로 발생했는지 불을 붙여 보는 역할을 맡았다. 그때 차라리 무언가 펑 터졌다거나 화재라도 발생했다면 잊을 수 없는 추억으로 남았을 테지.

사건은 행사가 모두 끝나고 집으로 돌아가는 길에 발생했다.

"리사, 넌 왜 네 엄마, 아빠랑 다르게 생겼어?"

빨강 머리 빅토리아는 궁금해 죽을 것 같다는 표정을 하고 진지하게 물었다. 그 애 엄마가 잽싸게 끼어들지 않았다면 난 어떻게 됐을까.

"다르다니, 빅토리아. 리사는 자기 엄마, 아빠와 똑같이 눈이 두 개, 코는 하나, 입도 하난데. 그렇지, 리사?"

나는 고개를 끄덕였지만 이미 가슴에 빅토리아의 머리색만큼 붉은 화상을 입은 뒤였다. 아빠 마이클은 그에 대해서는 아무 말도 하지 않고 한 가지만 확인시켜 주었다.

"리사, 세상에 가장 중요한 진실이 하나 있어. 그게 뭔 줄 아니? 너는 틀림없는 미국인이며 내 딸이라는 거야."

아빠는 피부색이 다른 미국인 딸을 위해 최대한 부드러운 눈빛으로 말했다. 나는 아빠의 손에 키스했다. 그때 내가 바라본 것은 그의 부드러운 갈색 곱슬머리와 초록 눈동자, 하얀 뺨이었다. 집으로 돌아와 거울을 들여다보았을 때, 새까만 머리카락에 까만 눈동자, 노란 얼굴을 한 계집아이가 성난 얼굴로 나를 노려보고 있었다.

다행히 빅토리아는 그날 이후로 나에게 두 번 다시 같은 질문을 던지지 않았다. 빅토리아의 엄마 같은 멋진 아줌마에게서 어떻게 그런 멍청한 애가 태어났을까. 이따위 생각으로 자신을 위로하며 나는 고개를 꼿꼿이 세우고 다녔다.

매튜는 날 괴롭히기 위해 유치원에 오는 것처럼 줄기차게 시비를 걸었다. 뒤에서 빈 우유팩을 던지거나 공을 던져 검은 머리칼로 뒤덮인 뒤통수를 맞추는 건 거의 매일 있는 일이었다. "칭크!" 하면서 다리를 걸어 넘어뜨리거나 양손으로 찢어진 눈을 만들어 보이기도 했다. 하지만 매튜는 나의 수난 시대를 끝내는 데 큰 역할을 했다.

유치원에서 그림 그리기가 있던 어느 날, 나는 마이클과 데이나를 따라 놀러 갔던 바닷가를 그렸다. 내 그림 솜씨는 괜찮은 편이

어서 석 장이나 되는 작품이 팬더반 벽면을 장식하고 있었다. 여느 때처럼 색채에 신중을 기해 바다는 새파랗게, 해변은 금빛으로, 흰 구름 떠가는 하늘은 바다보다 조금 옅게 그렸다. 여기까지는 좋았지만 다음이 문제였다. 나는 해변에 서 있는 세 사람의 얼굴을 모두 보라색으로 칠했다. 내 손은 하기 싫은 일을 해치우듯 재빨리 움직였다. 이것을 본 매튜가 좋은 구실을 놓칠 리 없었다.

"바보, 보라색 얼굴이 어딨어? 그리고 네 얼굴은 노란색이잖아."

나는 녀석의 말을 무시하고 보라색을 더 진하게 덧칠했다. 보육교사가 다가와 얼굴을 왜 보라색으로 칠했는지 물었다. 나는 내 얼굴을 노란색으로 칠하고 싶지 않아서 그랬다고 솔직하게 말하지 않았다.

"너무 추워서 얼굴이 달라졌어요."

나는 되도록 간단히 대답했다. 둘러댄 말이었지만 보육 교사에겐 감동을 주었다. 그 선생님은 다른 아이들이 볼 수 있도록 스케치북을 높이 들어 올리고는 관찰력과 표현력이 뛰어나다고 칭찬했다.

하지만 칭찬에 대한 부작용은 곧 나타났다. 그림 그리는 시간이 끝나고 내 뒤통수로 크레용이 날아온 것이다. 그것을 던진 녀석이 누군지는 뻔했다. 나는 뒤를 돌아 매튜에게 돌진해 하얀 목을 잡아 올렸다가 바닥에 내동댕이쳤다. 그러고는 녀석에게 침을 뱉었다. 녀석은 생각보다 겁쟁이였다. 코피도 나지 않았는데 울음을 터뜨렸으니까. 보육 교사가 달려오고 아이들이 주위를 빙 둘러쌌다.

"매튜가 먼저 크레용을 던졌어요."

빅토리아였다. 그 애는 바닥에 떨어진 크레용을 주워 보육 교사 앞에 내밀었다. 노란색이었다. 자기 엄마가 이번엔 "리사의 눈은 두 개, 코는 하나, 입도 하나, 너와 다를 바 없어"라고 이야기해 준 것일까? 어쨌든 보라색 얼굴 사건에서 매튜는 보기 좋게 패배했고, 아빠 마이클은 원장과 면담을 하지 않아도 되었다.

하지만 KKK 단원 동생의 집념은 대단했다. 녀석은 빅 매치가 될 만한 사건을 여러 번 만들었다. 마지막 사건에서 나는 기절을 했던 것 같다. 그리고 정신을 차렸을 때 나는 왜 내가 머리에 붕대를 감고 병원에 누워 있는지 기억하지 못했다. 아빠가 했던 말만 어렴풋하게 기억난다.

"유치원에서 사고가 있었어, 리사. 머리를 조금 다쳤다는구나. 하지만 걱정할 건 없다. 다른 데는 아무 이상이 없으니까. 그리고 이젠 유치원에 가지 않아도 된다."

아빠는 일을 심각하게 만들지 않으려 했다. 나는 깨질 듯 머리가 아팠지만 되도록 입을 크게 벌리고 웃어 주었다. 아빠를 안심시켜야 했으니까. 유치원에 가지 않아도 된다는 말은 큰 선물과 같았다. 난 한 가지만 생각했다. 아빠에게 착한 딸이 될 거야.

아빠가 나를 유치원에 보내지 않겠다고 한 데는 이유가 있었다. 바로 몇 달만 있으면 9월 새 학기가 시작되고, 나를 집에서 두 블록 떨어진 공립학교에 보낼 수 있었기 때문이다. 유치원 원장은 집에서 휴식을 취하는 게 좋겠다며 동의해 주었다. 8월에 생일이 있는 나는 다른 아이들보다 일 년 일찍 학교에 들어갈 수 있었다. 유치원에 가지 않는 대신 나는 아빠가 고용한 개인 교사와 함께 필요한 공부를 했다. 왜 쓸데없이 돈을 쓰냐며 데이나가 결사반대했지만 아빠는 고집을 꺾지 않았다.

"시간당 50달러를 지불해 리사가 다른 아이들에게 뒤지지 않을 수 있다면 결코 비싼 건 아니지."

나는 마이클의 선택이 옳았음을 확실히 증명해 보였다. 아빠가 돌아올 때를 기다렸다가 그날 배운 내용을 하나도 빠짐없이 줄줄 외웠으니까. 부업을 원하는 사립 유치원 교사가 주 2회씩 집으로 왔고, 나는 한순간도 딴짓을 하지 않고 수업에 집중함으로써 아빠의 사랑에 보답했다. 하지만 유치원에서 기절한 후에 생긴 장애는 고쳐지지 않았다.

*

"미국의 길은 체스보드와 같아. 가로세로만 알면 되거든? 동서로는 에비뉴, 남북으로는 스트리트. 23에비뉴에서 동쪽으로 한 블록 더 가면 24에비뉴, 그다음은 25, 26에비뉴, 알겠지?"

혼자서 집을 나서길 두려워하는 나에게 아빠 마이클은 열심히 길에 대해 설명했다. 그의 말대로 길은 체스보드처럼 정리가 잘 돼 있는데도 나는 번번이 길을 잃었다. 두 번 이상 코너를 돌고 집으로부터 한 블록 이상 벗어나면 바로 길을 헤맸다. 병원 의사는 어려운 말로 그 원인을 설명했는데, 그동안 쌓인 스트레스와 공포 때문이라고 하는 것 같았다. 나는 이리저리 헤매고 다니다 겨우 집을 찾아오곤 했다. 때로는 이웃이나 경찰관이 나를 발견하곤 집까지 데려다주기도 했다. 그들 중에는 "네 부모가 문제다"라며 혀를 차는 사람도 있었다. 발달이 늦은 아이를 제대로 돌보지 않는다는 거였다.

개인 교사의 아이가 아파 그 집에 가서 공부한 날 이후로는 혼자 집을 나가는 일 자체가 무서웠다. 그날 교사가 아이를 돌보는 사이 그 집을 나왔다가 또 길을 잃은 것이다. 킹콩같이 생긴 경찰관의 억센 손아귀에 팔이 잡힌 채 집으로 돌아오며 난 미친 듯 울어댔다. 나를 데리러 와야 했던 데이나는 하필 그때 전기 수리공인지 배관공인지를 불러 놓고 나에게 정말 멍청하다며 신경질을 냈다. 나중엔 울음을 그치지 않는 나를 창고에 가두기까지 했다. 어두컴컴한 창고에서 목구멍이 찢어질 것처럼 비명을 질러대자 밖으로 끌어내 빰을 꼬집고 엉덩이를 두들겨 팼다.

나는 그 일을 아빠에게 일러바쳤고, 아빠는 데이나에게 두 번 다시 애를 창고에 가두면 가만있지 않겠다고 못 박았다. 고자질을 하면 결국 그만큼 더 당한다는 사실은 뒤늦게야 깨달았다. 데이나는 고집불통에 말도 안 듣고 말썽만 부리는 나 때문에 미칠 것 같다며 정말 미친 여자처럼 소리를 질렀다. 나는 방문을 빼꼼 열고 둘이 하는 말을 다 들었다. 입양은 실수였다고 데이나가 조심성 없이 내뱉는 말까지. '입양'의 정확한 뜻은 알지 못했지만 그 말은 어린 나에게 불길한 금기어처럼 들렸다. 마이클은 그 말은 듣지 않은 것으로 하겠다며 목소리를 낮추라고 했다. 한 집에 천사와 악마가 다 있었다.

아빠 마이클은 며칠 후 공책 한 권을 사왔다. 오렌지색 표지에 미키마우스가 인쇄된 줄 없는 공책이었다. 그는 나에게 동화책 『헨젤과 그레텔』을 가져오게 한 다음, 굵은 파란색 펜으로 공책 겉장에 썼다. 'Pebbles(조약돌).'

"헨젤은 조약돌을 떨어뜨려 집을 찾았지? 리사는 이 공책에 길과 집의 이름들을 떨어뜨리는 거야. 리사가 가는 길을 그리고, 그 위에 길의 이름을 적고, 그 길에 있는 건물과 상점의 이름도 적고……. 그러면 돌아올 때는 그려진 길과 집들을 보며 거꾸로 오면 되지."

아빠는 날 밖으로 데리고 나가 연습을 시켰다. 나는 작은 동물원이 있는 공원까지 걸어가며 공책에 길들과 집들을 그렸다. 길은 직선이며 직각으로 꺾여 그리기 쉬웠다. 그 길 위에 세탁소는 스팀다리미, 베이커리는 식빵, 약국은 십자가, 하는 식으로 그리고 그 옆에다 하나하나 상점 이름을 써넣었다. 뉴저지 에디슨의 조용한 마을은 그렇게 한 자락씩 모습을 드러냈다.

아빠와 가는 길은 작은 즐거움들로 가득했다. 그는 길가에 심어진 나무들의 이름을 가르쳐 주었고, 초롱꽃을 꺾어 내 머리에 꽂아 주기도 했다. 마을에서 가장 오래된 상점인 앤티크 소품점에 들어가 진기한 물건들을 구경도 하고, 새로 생긴 수예점에서 진열장의 예쁜 자수와 매듭을 눈여겨보기도 했다. 손재주가 많은 데이나도 한참 연습해야 만들 수 있는 장식품들이 많았다. 나는 아빠가 베이커리에서 사준 호밀 무화과 스틱을 잘라 먹으며 열심히 지도를 그렸다.

이렇게 하여 동서로 한 블록, 남북으로 한 블록 가는 데 한 시간이 넘게 걸렸다. 집으로 돌아갈 때는 내가 그린 지도를 보며 왔던 길을 거꾸로 밟아 나갔다. 쉬운 일은 아니었지만 힘들다는 생각은 조금도 하지 않았다. 그것은 나에게 특별하고 행복한 여행이었다. 뒤에서 아빠 마이클이 지켜보고 있었으니까. 나는 공책에 그려진 길을 한 번도 벗어나지 않고 집에 도착했다. 그리고 뒤를 돌아 아빠의 가슴팍으로 뛰어들었다.

"나 잘했지?"

"잘했고말고."

아빠는 언제나 나를 번쩍 안아 들고 앞뜰을 한 바퀴 돌아 집으로 들어갔다. 길 찾기에 자신감이 붙으면서 집 밖으로 나가는 일에도 차츰 용기가 생겼다.

데이나는 내가 아빠에게 아기처럼 군다고 질색했다. 점점 버릇이 없어진다며 틈만 나면 야단을 쳤다. 게다가 나는 늘어놓기만 하고 정리할 줄은 몰라 데이나를 더 예민하게 만들었다. 방을 난장판으로 만들어 놓는다며 데이나는 끊임없이 벌을 세우고 잔소리를 해댔다. 가지고 놀던 물건을 왜 제자리에 두지 않느냐, 잠옷은 벗어서 베개 위에 개켜 놓아라, 침대 위에서 과자를 먹지 마라, 식사할 때 너무 많은 음식을 입에 넣으면 흘리기 마련이다, 마이클에게 응석이 심한 걸 알면 아이들이 놀릴 것이다…….

나는 처음부터 정리정돈을 할 줄 모르는 아이였다. 하기 싫은 게 아니라 어떻게 해야 하는지를 몰랐다. 데이나가 야단만 쳤지 상냥하게 가르쳐 준 적이 없었으니까. 나는 데이나의 잔소리를 잘 견뎌 냈다. 내가 할 수 있는 일은 그뿐이었다. 하지만 마이클과 나의 영역을 침범하는 건 참지 못했다. 데이나가 내 어리광을 걸고넘어질 때마다 나는 발로 차고 소리 지르고 울부짖기를 서슴지 않았다. 데이나는 그런 나를 갈수록 더 구박하고 미워했다.

아빠 마이클의 태평함은 데이나의 속을 더 뒤집었다.

"쓸데없이 힘 빼지 말고 그냥 둬. 조금 더 크면 자연스럽게 고쳐질 거야."

아빠가 이렇게 말하면 데이나는 약이 올라 죽으려고 했다.

"속도 좋아. 리사가 뼈다귀를 던지면 당신이 들고 오는 식이라니까? 그러니 저렇게 제멋대로지. 골탕 먹는 건 언제나 나뿐이라고."

그렇게 형편없는 소리를 하면서 화를 내다가 마이클이 없으면 나에게 차갑게 쏘아붙이기도 했다.

"착하게 굴지 않으면 돌려보낼 거야."

이 말만큼 나에게 무시무시한 무기는 없었다. 돌려보낸다는 말은 내쫓는다는 말로 들렸다.

아빠가 헨젤의 조약돌을 응용한 길 찾기 방법을 가르쳐 준 뒤로 나는 오렌지색 공책을 꼭 들고 다녔다. 그리고 내가 가는 곳의 길들과 집들을 그렸다. 뉴저지 에디슨 작은 마을의 지도가 하나씩 하나씩 더해져 갔다. 내가 집을 나서는 일이란 고작 심부름을 가거나 놀이터에 가는 게 다였기 때문에, 이미 그려 놓은 지도를 볼 때가 많았다. '조약돌' 공책은 나에게 소중한 보물이 되었다.

*

공립학교 2학년이 되었을 때 나를 놀리는 아이들은 없었다. 절반 이상을 차지하는 백인 아이들과 흑인, 히스패닉* 아이들, 동양에서 온 소수민족 아이들, 그리고 혼혈아들 속에서 내 존재가 특별히 눈에 띄지는 않았다. 장난꾸러기들은 많았지만 칭크니 국크니 하며 뒤통수로 크레용을 날리는 아이도 없었다. 매튜는 사립학

* 미국 이민자 중 출신이 중남미 국가이면서 인디오(라틴 아메리카 원주민) 혹은 인디오와 백인 혼혈인을 일컫는다.

교에 들어갔고, 매튜처럼 KKK단 회원인 형이나 언니를 둔 아이도 없는 것 같았다. 나는 노력하지 않아도 공부를 잘하는 편에 속했다. 미술과 수학에서는 언제나 최고점을 받았다.

학교에 가는 게 좋았다. 로커에다 책가방과 물건을 넣어 두는 것도 재미있었고, 시간표에 따라 해당 과목 선생님과 교실을 찾아다니는 것도 흥미진진했다. 방과 후엔 일주일에 한두 번 학교에서 과외 활동을 했다. 나는 달리기반에 들어가 말처럼 신나게 뛰었다. 여자아이들은 대부분 악기를 배우거나 합창, 연극 같은 걸 했지만 나는 사내아이들처럼 운동장을 마음껏 질주하는 게 좋았다. 학교생활에 자신감이 생기는 만큼 달리는 속도도 빨라졌고 친구들도 하나둘 늘어 갔다.

아빠 마이클은 각종 쿠폰이나 상품권을 인쇄하는 회사에 다녔다. 연봉이 많지는 않았지만 그는 별 불만이 없었다. 세 식구가 먹고 사는 데 문제가 없고, 생일과 크리스마스에 가족에게 선물을 사 줄 수 있고, 나를 교육시킬 수 있는 정도면 된다고 생각하는 것 같았다.

데이나는 파트타임이나 재택으로 할 수 있는 일을 했다.

"아무 때나 일하고 싶을 때 일하고, 그만두고 싶을 때 그만둘 거야."

자기가 말한 대로 어떨 때는 캔디 숍에서 하루 세 시간씩 사탕을 팔기도 했고, 또 어떨 때는 집에서 재봉틀로 에이프런이나 침대보를 박아 수예점에 넘기기도 했다. 기분이 나면 천 가게에서 직접 천을 떠다가 계절에 맞는 커튼이나 식탁보를 만들었다. 옷을 만들어 달라는 내 청을 들어준 적은 없었다.

데이나와 부딪치지만 않는다면 뉴저지에서의 일상은 그럭저럭 괜찮았다. 편안한 성격과 좋은 인품을 가진 아빠 덕분이었다. 아빠는 소박한 삶을 즐기는 평범한 사람이었고, 욕심을 내기보다는 있는 것에 만족했다. 고집쟁이인 나와 예민한 데이나 사이에서 중심을 잡는 역할도 잘 했다. 주말엔 먹을 것을 준비해 자동차를 타고 야외로 나갔다. 아빠는 가까운 해변 벨마로 가 요트 낚시하는 걸 좋아했다. 나는 바다로 나갈 때 딸랑거리는 소리와 함께 바다 입구의 다리가 서서히 들리는 게 신기해 군소리 없이 요트를 탔다. 데이나도 놀기를 좋아해 그때만큼은 나를 건드리지 않았다.

아빠의 뜻에 따라 일요일이면 교회에 나갔다. 그는 신앙심보다는 책임감 때문에 교회를 다녔다. 우리 가족을 모범적인 기독교인 가족으로 만들고 싶어 했다. 나는 아빠에게 잘 보이기 위해 지루한 예배를 꾹 참았다. 나의 기도는 언제나 똑같았다.

'세상의 모든 만물을 만들어 내신 주님, 내 머리카락과 피부를 아빠처럼 만들어 주시면 안 될까요? 그리고 아빠와 똑같은 날 죽게 해 주세요…….'

그렇게 기도하고 나면 마음이 편해졌다.

그러나 얼마 안 있어 재앙이 닥쳤다. 여동생 대니얼이 태어난 것이다! 내가 3학년이 되었을 때였다. 아빠 마이클과 데이나의 관심은 대니얼에게 집중되었다. 나는 위기의식을 느꼈다. 아빠의 구불거리는 갈색 머리와 초록빛 눈동자를 쏙 빼닮은 대니얼은 벙긋벙긋 웃는 것까지 마이클과 똑같았다.

"아빠는 대니얼만 예뻐해."

아빠가 대니얼을 안아 주거나 목욕시킬 때마다 나는 우겼다.

"아빠는 리사를 더 예뻐해. 대니얼이 아기이기 때문에 돌봐주는 거야."

마이클을 의심하고 싶진 않았지만 내 속은 부글부글 끓었다. 데이나는 그런 속을 번번이 더 뒤집어 놓았다.

"여덟 살이나 어린 동생을 질투하다니. 우유병은 저 고약한 아이 입에다 물려줘야 한다니까."

나는 점점 더 분개하기 시작했고, 아빠의 관심을 뺏어오기 위해 필사적으로 발버둥 쳤다. 아빠를 끌어들이기 위해 만들어 낸 놀이들은 유치하기 짝이 없었다. 그중 슈퍼마켓 놀이는 한시도 딴청을 부릴 수 없게 해 아빠를 붙잡아 두는 데 큰 효과를 보았다. 나는 작은 접시들이며 치즈, 과일, 음료 캔, 장난감, 슬리퍼, 구두약, 책 등 모을 수 있는 물건들은 모두 거실에 갖다 놓고 슈퍼마켓을 차렸다. 그러곤 아빠에게 슈퍼마켓 점원 역할을 맡긴 뒤 바구니에 물건을 담아다 계산을 하게 했다. 물건을 하나씩만 샀기 때문에 슈퍼마켓 놀이가 끝나기까지는 오랜 시간이 걸렸다. 아빠는 급한 일이 없는 한 물건을 모두 팔 때까지는 성실하게 점원 노릇을 했다. 마지막에 슈퍼마켓의 어린이용 플라스틱 말이 되어 나를 등에 태우고 거실을 한 바퀴 도는 것까지. 하지만 나는 아빠 마이클이 나에게 주는 사랑만큼 대니얼을 사랑한다는 걸 모르지 않았다.

대니얼이 부쩍부쩍 크면서 내가 점점 더 삐딱이가 되어 가고 있을 때, 학교에서는 잊고 있었던 소리가 들리기 시작했다. 칭크, 국크, 끔찍한 소리였다. 제2의 매튜가 나타난 것이다. 주인공은 남자아이가 아니라 여자아이였다. 테라. 그 아이에 대한 소문은 5학년이 되자마자 학교에 쫙 퍼져 내 귀에까지 들어왔다.

"걔, 이혼한 엄마가 브롱스빌에 멕시칸 하녀를 두고 산대. 새엄마는 중국계 여잔데 걔랑 사이가 무지 안 좋다더라? 너 조심해. 동양계 아이들 닥치는 대로 무시하니까."

"그래도 생긴 거 하나는 예쁘지 않니? 벌써 7학년 넘는 상급생들이 사귀고 싶어 야단들이래."

내가 동양계라는 것을 인정할 수 없다고 생각하는 사이 칭크, 국크, 하는 소리는 더 가깝게 들려 왔다. 거기에는 테라를 숭배하는 멍청이들도 합세하고 있었다. 처음엔 이탈리아계 엄마와 중국계 아빠를 둔 여자아이가 테라의 표적이었다. 그런데 그 애가 델라웨이로 이사를 가는 바람에 내가 새로운 표적이 된 것이다. 테라는 테러라고 부르고 싶을 만큼 막 나갔다.

"노란 피부의 엄마, 아빠에게 버림받고 사는 기분은 어때?"

지옥에나 떨어져야 할 그 계집애는 내가 인도, 중국 아이와 함께 높은 등급의 수학을 과외로 지도받는 것까지 트집 잡았다.

"믿을 만한 게 없어 숫자에나 매달리는 주제에. 너 수학경시대회를 위해 살지?"

나는 테라의 희고 가는 목을 비틀어 버리고 싶었다. 하지만 그 계집애의 속을 들쑤시는 쪽을 택했다.

"학교에서 특별대우를 해 주신다는데 그깟 수학 문제 몇 개 푸는 건 일도 아니지. 너도 해 봐. 숫자에 매달리면 네 머릿속 쓰레기들이 싹 사라질걸?"

테라는 이를 갈며 다음 매치를 준비했다.

그러던 어느 날 일이 터지고 말았다. 학교 식당에서 그 못된 계집애가 이렇게 말했던 것이다.

"너 한국인가 하는 나라에서 팔려온 애지? 얼마짜리야?"

나는 마지막 인내력까지 동원해 분노를 눌러 참았다. 그러고는 순간적으로 떠오른 말들을 짧고 빠르게 그 계집애의 얼굴에 토해냈다.

"난 세계 일류 국가인 미국이 자랑스러워. 난 불행한 나라의 은인이 되어 주는 미국을 사랑해. 난 자유롭고 위대한 나라 미국이 좋아. 그리고 이런 마음을 가진 나는 너보다 착하고 아름다워."

그것은 아빠 마이클이 나에게 해 준 말들이었다. 아빠는 미국에 대한 애정을 고스란히 나에게 심어 주었다. 그 내용이 무엇이었든 나는 위대한 나라 미국에 자부심을 갖는 아빠가 존경스러웠다.

테라는 얼떨떨해 입을 벌리고 있었다. 나는 그 바보 같은 얼굴에 다 2탄을 날렸다.

"오, 그대는 보이는가, 이른 새벽 여명 사이로, 황혼의 마지막 빛 속에 우리가 그토록 자랑스럽게 환호했던, 넓은 띠와 빛나는 별들이 새겨진 저 깃발이……."

미국 국가 〈별이 빛나는 깃발〉을 부르는 동안 테라뿐 아니라 모든 아이들이 어리벙벙하여 서 있었다. 나는 1절을 다 부르고 난 뒤 오른손 집게손가락으로 테라의 턱을 늘어 올렸다.

"난 너보다 더 진짜 미국인이야. 그리고 너 같은 악마는 미국에서 사라져야 해."

"뭐야? 이 싸구려 입양아 계집애!"

테라가 손에 들고 있던 파이를 나에게 던졌다. 나는 파이가 내 뺨으로 날아옴과 동시에 그 계집애의 왼쪽 뺨을 후려쳤다. 모두들 누구 편도 들지 못하고 구경만 하고 있을 때 뉴페이스가 끼어들었다.

"싸구려는 바로 너 같은데? 특히 네 입!"

그는 5학년 여자아이들에게 선망의 대상인 7학년 가브리엘 클래퍼였다. 하필 이렇게 험악하게 굴 때 나타날 게 뭐람. 그를 좋아하는 건 아니었지만 친하지도 않은 사이에 인상을 구기고 싶지는 않았다. 그러나 가브리엘이라는 미소년이 한순간에 내 눈에 들어온 것만은 틀림없었다. 보통 키에 날씬한 체격을 가진 그는 하키복을 입고 있었다. 아 참, 우리 학교 하키 선수였지. 청색 하키복은 파란 눈 위로 흘러내린 황갈색 머리칼과 잘 어울렸다.

'왜 여태껏 이런 킹카가 내 눈에 들어오지 않았지?'

하지만 이런 생각은 잠시뿐이었다. 나에겐 오직 아빠 마이클밖에 없었으니까. 그때까지 나는 여덟 살이나 어린 동생을 질투하는 고집쟁이 소녀일 뿐이었다.

사건은 테라가 울음을 터뜨린 것으로 끝나지 않았다. 나는 폭력을 행사한 대가로 교장실에 불려가 그날 있었던 일을 낱낱이 진술해야 했다. 테라와 테라의 추종자들은 진실 따위 필요 없다는 듯 사실을 왜곡해 증언했다. 물론 나에게 불리한 쪽으로. 그 애들은 똘똘 뭉쳐 동양에서 온 입양아에게 적개심을 드러냈다.

다음 날 면담을 하기 위해 학교를 찾은 아빠는 교장을 압도했다. 그는 "폭력으로 문제를 해결하려는 태도……" 어쩌고 하는 교장의 입을 틀어막았다.

"중요한 사실을 빼놓으셨군요. 리사는 폭력에 폭력으로 대응했을 뿐입니다. 뺨을 때린 것보다 훨씬 더한 폭력은 무자비한 인종차별적 발언이었다는 걸 알아두셨으면 합니다. 그 문제가 제대로 정리된 후에 다시 면담을 하지요."

교장실을 나온 아빠는 내 손을 꽉 잡고 말했다.

"리사, 때로는 참는 게 더 이로울 때가 있어. 세상에는 나쁜 녀석들도 있겠거니 하고 내버려 둬."

아빠의 목소리는 떨렸다. 나는 내가 얼마나 태연한지를 보여주고 싶어 의기양양한 척 가브리엘 얘기를 꺼냈다.

"하지만 나 멋진 상급생을 알게 됐어. 이름은 가브리엘 클래퍼. 7학년인데 예쁜 여자애들에게만 침을 흘리는 머리 빈 녀석들하곤 달라. 아주 어른스럽고 공정해. 그러니까 내 편을 들어 줬겠지?"

"가브리엘? 이름처럼 천사 같은 아인가 보구나."

"맞았어. 가브리엘은 내 두 번째 천사야. 그리고 첫 번째 천사는 아빠, 마이클!"*

하지만 가브리엘에 대한 호감이 그렇게 강력하진 않았다. 아빠를 향한 굳은 믿음에 비하면 그 가치가 절반도 되지 않았으니까. 첫 번째 천사 마이클은 전설처럼 굳어진 나의 기원이며 내 존재 이유였다. 그런 믿음은 내 머릿속에 '나는 입양된 아이'라는 의식이 자리하기 시작했다는 증거이기도 했다.

6학년 첫 작문 시간에 나는 '나와 미카엘 천사'라는 제목으로 에세이를 썼다.

> 내 이름은 리사. 나는 푸른 하늘 흰 구름 속에서 태어났다. 하늘에서 뚝 떨어진 나를 받아준 것은 미카엘 천사. 그는 나와 함께 이곳에 살기 위해 양쪽 날개를 접어 몸속에 집어넣었다…….

---

* 가브리엘은 구약 성서에 나오는 대천사. 마이클은 '미카엘'의 영어식 표기로, 역시 구약 성서에 나오는 대천사.

받지 않은 편지

건물에 들어가기 전부터 몸이 덜덜 떨렸다. 내가 무엇을 하러 한국에 왔는지 이제야 분명히 실감 나기 시작했다. '해외입양아지원센터.' 믿음직한 이름이었다. 여기서 날 도와준다는 말이지? 나는 후, 큰 숨을 쉬었다. 침착하게 마음을 다잡아야 했다. 해외입양아지원센터라는 이름과 함께 유리문에 붙은 로고가 나를 안심시켰다. 삼각형을 이룬 세 개의 꽃잎 문양이 타로 카드 17번 별 카드에서 흩날리는 요오드처럼 보였다. 희망을 가져라……. 좋아. 진을 따라 건물 안으로 들어갔다.

엘리베이터에는 여러 개의 사진으로 장식된 홍보 포스터가 붙어 있었다. 엄지를 입에 문 아기, 장난감을 손에 쥔 아기, 머리에 새하얀 레이스 모자를 쓴 아기, 다양한 모습의 아기들이 서양 아빠와 엄마 품에 안겨 있었다. 아기들은 모두 귀하게 태어난 공주님과 왕자님 같았다. 서로가 서로에게 행복의 조건이 된 새로운 가족은 사진 속에서 화사하게 빛났다. 포스터 맨 위로 무지개처럼 이어진 표어는 약속의 징표 같았다. '하늘에서 내려 준 선물, 함께 나누는 축복, 함께 만드는 기적.' 나는 그 문구들을 못 본 척했다. 난 하늘에서 내려 준 선물이 아니었으니까. 새로운 가족과 함께 기적을 만들지도, 축복을 나누지도 못한 아이였으니까. 왠지 기가 죽었다.

사무실에 들어가 담당 직원과 이야기를 나누면서부터 긴장이 조금씩 풀렸다. 차분하고 친절한 말투가 마음을 편안하게 했다. 그리고 상담 테이블에 마주 앉은 지 채 5분도 지나지 않아 다시 가슴이 뛰기 시작했다. 미국에서 혼자 나왔는지, 진과는 어떤 사이인지를 묻던 직원이 숨겨 놓았던 사탕을 꺼내듯 말한 것이다.

"생모 장미라 씨의 주소가 저희한테 있으니 우편으로 연락할 수 있을 것 같아요. 오래된 주소긴 하지만."

직원은 빳빳한 종이 커버의 두툼한 서류 파일을 들고 있었다. 입양 서류인 것 같았다. 이틀 전 전화로 상담 신청을 할 때 알려 준 내 정보로 찾아냈을 것이다. 이렇게 쉬운 일이었나? 엄마의 주소가 있다면 엄마를 곧 찾을 수도 있다는 말이잖아. 너무 빨라 불안하기까지 했다.

"저희가 구축한 데이터베이스가 아직은 많이 부족한 편인데 리사는 운이 좋았어요."

직원은 파일을 자기 무릎에 내려놓고 말했다.

"리사 아빠에 대한 기록은 없나요?"

진이 물었다.

"전혀요."

"그거 입양 서류 맞죠? 저희가 좀 봐도 될까요?"

내가 하고 싶은 말을 진이 대신 하고 있었다.

"입양 기록을 보려면 정식으로 입양 정보 공개 청구를 해야 해요. 친생부모 동의가 필요한 정보는 동의를 받기 전엔 공개할 수 없고요."

직원의 말이 어려워 정확히 알아듣지 못했다. 입양 서류를 쉽게 보여 줄 수 없다고 하는 것 같았다.

"친생부모 동의가 필요한 정보요?"

진이 눈살을 살짝 찌푸리고 물었다.

"네. 친생부모의 이름, 주민등록번호, 주소, 연락처. 본인 동의가 없으면 공개 대상에서 제외되는 정보들이에요."

"친부모를 찾을 때 제일 필요한 정보들이잖아요."

진이 심각한 오류가 있는 시험 문제를 펼쳐 든 것처럼 미간을 좁히고 말했다.

"근데 법적으로 그렇게 돼 있어서……."

"그럼 동의를 안 받아도 되는 정보는 뭐가 있죠?"

"사실 동의를 받아야 하는 것 빼고는 그리 도움 될 만한 게 없어요. 입양 사유나 취약 계층 구분, 장애 등급 유무, 이런 건 거의 서류 양식만 갖추고 있으니까."

"정말 중요한 정보만 친부모 동의를 받게 만들었네요?"

진이 깐깐하게 따졌다.

"저희가 우편 연락을 할 때 정보 공개에 동의하는지 물어볼 겁니다. 리사가 엄마를 간절히 찾고 있단 얘기도 물론 전하고요. 주소가 너무 오래전 거라 걱정이긴 하지만."

직원은 샘플 답안을 읽듯 말했다. 검은색 안경테와 목까지 단추를 채운 블라우스가 답답해 보였다. 진은 좀처럼 이해할 수 없다는 듯 고개를 가로저었다.

그럼 그렇지, 먹을 수 없는 사탕에 입을 벌리려 했던 나 자신을 비웃고 싶었다. 미국의 악마 새끼들한테서 받았던 놀림보다 더 심한 모욕을 당한 것처럼 화가 나기도 했다. 내 친엄마의 정보인데 어째서 허락을 받아야 볼 수 있지? 버려진 아이라서?

"그거 보여 주세요. 내 거예요."

나는 입양 파일을 향해 손을 뻗었다. 검은 안경테가 놀라 의자를 뒤로 뺐다.

"한국말 잘하네."

하마터면 욕이 나올 뻔했다. 한국말을 잘하는 게 지금 무슨 상관이야.

"리사, 일단 기다려 봐요. 하늘이 돕는다면 친엄말 만나게 되겠지."

네모난 검은 안경테와 목까지 단추를 채운 블라우스 같은 말. 그 말을 대체 몇 명한테 했나요?

사무적인 성실함을 가진 이 직원은 나보다 더 불리한 조건을 가진 입양인들의 가족 찾기에 대해 들려주었다. 친부모에 대한 정보 하나 없이 길에서 전단지를 돌리거나 관공서를 찾아다니는 입양인들의 얘기는 조금도 희망적으로 들리지 않았다. 나른한 목소리는 언젠가 했던 말을 똑같이 반복하는 듯했다.

진과 나는 따분한 강의를 듣는 학생들처럼 꾹 참고 있다가 입양 정보 공개 청구서를 작성하고 그곳을 나왔다. 사무실 문을 나서기 전 검은 안경테에게 물었다.

"한국 아이 미국 보내면 돈 얼마 받아요?"

검은 안경테는 고장 난 로봇처럼 멈춰 있다가 말했다.

"여긴 입양 사업을 하는 기관은 아니라서……."

검은 안경테의 웃는 얼굴이 질려 보였다. 발설해서는 안 되는 진실을 캐묻기라도 했나요? 5학년 때 나를 못 잡아먹어 안달이던 테라의 막말이 왜 지금 생각났는지 알 수 없었다. 너 한국인가 하는 나라에서 팔려온 애지? 얼마짜리야?

입양하는 데 얼마가 드는지는 이미 알고 있었다. 미국 입양 기관의 웹사이트는 그런 부분을 꽤나 명쾌하게 밝히고 있었다. 한국 입양아 한 명당 3만 8천 달러. 그보다 적은 액수였겠지만 내가 입양됐을 때도 터무니없이 많은 돈이 오갔을 것이다. 아이를 거래하는 게 아니라면 왜 그만한 돈을 주고받아야 하는지 알 수 없었다.

지하철역으로 걸어가다가 진이 말했다.

"행운은 뜻하지 않을 때 뜻하지 않은 곳에서 튀어나온대."

뭐지? 이 시시한 위로는. 나는 마지못해 조금 웃다 말았다. 진은 주변을 돌아보더니 길에서 뭔가를 주워 올렸다.

"누가 떨어뜨렸지? 어마어마한 돈이다."

진의 손에 녹색 한국 지폐가 들려 있었다. 행운이란 머니였군. 하하하. 진과 나는 하이파이브를 하고 크게 웃었다. 진은 돈을 찾는 사람이 없는지 주변을 다시 돌아보고는 만 원을 내 손에 쥐어 주었다.

"선물."

"노, 진이 보았어."

나는 돈을 진에게 돌려주려고 했다.

"지금 행운을 가져갈 사람은 내가 아니라 리사야, 유 노?"

진은 나보다 겨우 네 살 많으면서 꽤나 어른인 것처럼 굴었다.

"오케이, 대박."

나는 미화 8, 9달러와 맞먹는 만 원을 가방에 쑥 집어넣었다.

"이제 코리언 슬랭까지 하네?"

진은 부쩍 어휘가 느는 아이를 보는 것처럼 신기해 했다.

만 원짜리 한 장에 마음이 조금 가벼워지는 것 같았다. 검은 안경테의 말이 틀리진 않았다. 내가 할 수 있는 일이 없는 지금은 기다리는 게 최선. 인사동에서 만나기로 한 랑과 실컷 놀다 들어가야지. 그러고 보니 한국에서 수요일은 나를 위한 요일이었다. 진은 수업이 없고 랑은 학교에서 밤공부를 하지 않아도 되는 날이니까. 랑, 국적을 바꾸자고? 절대 안 되지. 매일 아침부터 늦은 밤까지 학교 책상에 어떻게 붙어 앉아 있어.

*

진과 시립 미술관 전시를 둘러보고 인사동까지 걸어와 배가 고팠다. 아직 오지 않은 미래와 아직 알지 못하는 과거, 현재의 언어를 표현했다는 비디오 작품들은 내 처지만큼 이해하기가 어렵고 재미도 없었다. 랑은 인터넷으로 검색해 식당을 찾았다며 인사동의 좁다란 골목으로 우릴 데려갔다. 한옥을 개조한 소박한 식당은 메뉴가 한 가지뿐이었다. 보리밥에 된장과 채소를 가득 넣어 골고루 섞어 먹는 비빔밥이었다. 냄새는 좀 고약했지만 묘하게 입맛이 돌았다. 그렇다고 다음에 또 먹고 싶을 만큼 기막히게 맛있진 않았고. 굳이 그럴 필요는 없는데 랑은 나에게 꼭 한국 음식을 먹어야 한다고 생각한 것 같았다.

진은 학교 친구들을 만나기로 했다며 10분 만에 식사를 마치고 갔다. 진이 남긴 밥을 랑이 깨끗이 먹어치웠다. 다이어트에 돌입한

다던 랑은 폭식으로 방향을 바꾸었다. 아줌마가 남자친구에게 프러포즈를 받았다고 했을 때 큰 충격을 받은 게 틀림없었다.

인사동은 서울 여행의 필수 코스로 '전통의 거리'라고 불렸다. 매끈하게 잘 빠진 골동 자기들과 누렇게 색이 변한 옛 그림들이 있는 곳. 골목골목 전통 찻집과 한식집이 자리를 지키고 있는 곳. 금속 공예와 한지 공예, 바느질 공예, 전통 의상에서 한국인의 정교한 손재주를 느낄 수 있는 곳. 하지만 전통의 거리라고 하기엔 온갖 잡다한 것들이 길 양쪽을 점령하고 있었다. '메이드 인 차이나' 스티커가 붙은 싸구려 한국 기념품들과 군데군데 들어선 현대적 대형 복합 갤러리, 서양식 쇼핑센터는 '전통의 거리'와는 조금도 어울리지 않았다. 인사동을 찾은 사람들은 옛것보다는 새것으로 몰려들어 마음껏 눈요기를 하고 있었다.

관광객들이 북적거리는 인사동을 랑과 함께 걸었다. 여행 가이드북이나 지도를 손에 든 사람들이 자주 눈에 띄었다. 중국인과 일본인들이 많은 것 같았다. 사방에서 들려오는 시끌시끌한 말은 중국말이라고 했다.

아시아에서 온 젊은 여행자들은 페티코트*를 넣어 부풀린 화려한 한복을 입고 돌아다니며 줄기차게 사진을 찍어 댔다. 한복을 빌려 주는 가게가 곳곳에서 영업 중이었다. 전통의 거리에 억지스

* 여자의 속옷으로, 스커트 밑에 받쳐 입는 속치마.

럽게 자리를 잡은 화장품 가게들은 한국 톱스타들의 팝 스탠드를 밖에다 세워 놓고 관광객들을 불러들이고 있었다.

한류에 대한 얘기는 랑에게서 들었다. 케이팝과 한국 드라마의 파워가 얼마나 대단한지, 랑은 자랑스러워했다. 자기 방에 붙은 브로마이드 두 개의 주인공은 5인조 그룹 '빅뱅'과 그 멤버 중 하나인 '태양'이라고 했다. 순수한 반항기가 느껴지는 태양은 내가 보기에도 잘생겼고, 모히칸 헤어스타일과 귀에 줄줄이 이은 피어싱도 잘 어울렸다. 랑이 보여 준 빅뱅의 월드투어 동영상도 어메이징했다. 일본의 초대형 공연장에 들어찬 수만 명의 관객은 빅뱅의 화려한 연주와 퍼포먼스에 노란색 야광봉을 들고 환호했다. 굉장히 낯설면서도 인상적인 광경이었다.

인사동 구경을 한 뒤에는 삼청동으로 넘어갔다. 장신구 박물관과 한국 생활사 박물관 같은 독특한 박물관들이 이곳저곳에 작은 보석처럼 숨어 있었고, 인테리어가 훌륭한 카페와 레스토랑, 길을 따라 이어진 패션숍들이 전부 다 매력적이었다. 랑도 두 눈에 하트를 팡팡 터뜨리며 이 가게 저 가게 나를 데리고 들어갔다.

하지만 나는 한 시간도 안 돼 기운이 빠지기 시작했다. 이렇게 잘사는 나라에서 내 친부모는 얼마나 불행했기에 최악의 선택을 했을까? 나를 낳은 엄마가 지금 잘살고 있다면 조금도 기쁘지 않을 것 같았다. 악착같이 살아갈 힘이 남아 있었다면 나를 버리지 말았어야지.

행운의 만 원 지폐를 꺼냈다. 독특한 디자인의 여자 구두들이 진열된 슈즈숍 앞에서였다. 이 예쁜 거리에서 우울한 생각은 어울리지 않아.

"진이 주웠어."

"정말?"

랑은 만 원 지폐가 당첨된 복권이라도 되는 것처럼 좋아했다.

"주운 돈은 바로 써 버려야 해. 우리 한복 빌려 입을까? 리사는 한 번도 안 입어 봤잖아."

"노."

기분 전환은 하고 싶지만 한복을 입고 싶지는 않았다. 슬픈 피에로가 된 것처럼 멜랑꼴리해질까 봐 겁났다.

"랑 언제 한복 입어?"

"나? 여섯 살인가 일곱 살 때까지는 설날에 입었던 것 같은데, 그 다음부터는 한 번도 입어 본 적 없어."

"진짜?"

"한복은 보기엔 우아해도 활동하기엔 불편하거든. 그리고 한국 사람들은 점점 실용주의자, 프래그머티스트가 돼 가고 있어."

전통은 거리에서만 사라지는 게 아니라 한국인들의 마음속에서도 사라지고 있나 보았다. 그러면 한국 문화는 무엇으로 느낄 수 있지? 한국 드라마? 케이팝?

"스트리트 푸드 먹고 싶어."

나는 랑의 팔을 잡아끌었다. 삼청동으로 넘어오기 전 군데군데 조리대가 밖으로 오픈된 골목을 지났던 게 생각났다. 맛나 보이는 음식들을 파는 가게들이 늘어서 있었다.

"아, 먹자골목 가자고? 것도 나쁘진 않지. 호떡이랑 닭꼬치, 추로스, 떡볶이, 다 사 먹자. 스트레스 푸는 데는 먹는 게 진리야. 나도 용돈 생겼거든. 할머니가 유학 보내 주시겠단 대답 대신 용돈을 보내셨네? 입막음용이지 뭐. 그렇다고 포기할 내가 아닌데."

랑은 못된 아이처럼 말했다.

"주운 돈 빨리 써야 해."

나는 랑이 했던 말을 인용했다.

"좋아, 우리 기분 내자."

랑은 내 손을 잡고 흔들었다. 그래, 기분 내자. 난 오늘 친구와 놀러 나온 거야.

"나 지금까지 길에서 주운 만 원짜린 처음 봐. 써 버리기 전에 허그나 해보자."

만 원을 빼앗아 가슴에 품고 우쭐우쭐 앞서가는 랑은 정말 귀여웠다. 제멋대로 같지만 그때그때 기분을 컨트롤할 줄도 아는 아이. 자기 엄마에게 억지를 부리며 버릇없이 굴지만 않으면 A를 몇 개라도 줄 수 있을 텐데. 얼른 뛰어가 랑을 따라잡았다. 랑이 지폐를 돌려주고는 내 팔에 매달렸다.

"리사, 나 미워하지 마. 알고 보면 나도 불쌍한 애니까."

맙소사, 그게 내 앞에서 할 얘기니? 옆에 매달린 이 아이가 열여덟 살이 아니라 여덟 살이라면 좋을 것 같았다. 하지만 그래서 널 미워할 수가 없지. 불편한 동정심으로 날 대하진 않으니까.

*

학교에서 돌아온 진과 거실에서 컴퓨터로 TV쇼를 보았다. 몇 년 전에 방송된 가족 찾기 토크쇼라고 했다. 진이 사 온 프라이드치킨을 먹으며 화면을 들여다보았다. 빠삐용은 내가 깨끗이 먹고 던져준 닭 뼈다귀를 정신없이 탐했다. 방송 내용은 단조로웠다. 언제 어떻게 가족을 잃었는지 한 사람씩 앞에 나와 이야기를 하고 자기 자리로 돌아가는 식이었다. 조금 긴 자기소개와 비슷했다. 내가 저 자리에 선다면? 이런 상상을 하며 고개를 저었다. 난 못 해.

방송 시간 30분이 넘도록 국적이 한국인 어른들이 나와 방송에 출연한 이유를 이야기했다. 어렸을 때 아버지가 재혼하면서 먼 친척집에 보낸 동생을 찾는다는 서른네 살의 여자, 여섯 살에 호기심으로 혼자 기차를 탔다가 집을 잃어버렸다는 마흔두 살의 남자, 고아원에서 자랐고 이제 결혼을 앞두고 엄마를 찾는다는 스물일곱 살의 여자가 차례로 나왔다. 그들은 고향 마을을 지도로 그려와 기억에 남아 있는 마을 풍경을 묘사하기도 했다. 자기 몸의 특징과 찾는 사람의 신체적 특징을 얘기하는 사람도 있었다.

그다음 순서로 눈이 예쁜 작은 여자가 나왔을 때 나는 들고 있던 치킨을 내려놓았다. 메간의 미국 고향이기도 한 미네소타에서 친엄마를 찾으러 온 입양인이었다. 1995년에 태어났고 한국 이름은 홍연이였다. 미혼모 시설에서 태어난 다음 날 엄마가 사라져 보육 시설에 맡겨졌고, 6개월 후 미국으로 입양되었다고 했다. 현재 미네소타대학에 재학 중이며, 엄마를 찾기 위해 일 년 교환 학생으로 한국에 왔다고 말했다. 눈빛이 똑똑해 보이는 홍연이는 영어로 자기소개를 했다. 통역 봉사자가 나와 한국말로 통역을 해주었다. 마지막으로 홍연이는 친엄마에게 써 온 편지를 읽었다.

어머니, 텔레비전으로 저를 보신다면 미안해하지 않기를 바랍니다. 저는 어머니를 사랑합니다. 어려서부터 지금까지 양부모님과 함께 어머니를 위해 기도드렸습니다. 저를 낳아 준 어머니가 행복하게 사시기를 바랐습니다. 저는 항상 친어머니가 보고 싶었고 성인이 되면서 그 생각은 더 깊어졌습니다.

나는 내가 누구인지 알고 싶었고 친어머니에게서 그 얘기를 듣고 싶었습니다. 왜 저를 버렸냐고 묻지 않겠습니다. 어머니를 미워하거나 원망하지도 않습니다. 제가 어머니와 닮았는지, 어머니와 손가락 발가락이 똑같은지, 잠자는 버릇이 비슷한지 알고 싶습니다…….

나는 망치로 머리를 한 대 맞은 듯 멍했다. 이해할 수 없었다. 태어난 다음 날 엄마에게서 버림받았는데 20년 넘게 그 엄마를 그리워하며 살았다고? 자기를 버린 엄마가 행복하게 살기를 바랐다고? 그런 엄마를 미워하지도, 원망하지도 않는다고? 나는 미국에서 살았던 16년 동안 단 한 번도 친엄마를 그리워한 적이 없었다. 기억에도 없는 엄마를 어떻게 그리워해. 게다가 날 버린 엄마를. 당연히 엄마의 행복을 바랄 수도 없었다.

내 귀에 가장 크게 들린 말은 이 말이었다. '나는 내가 누구인지 알고 싶었고 친어머니에게서 그 얘기를 듣고 싶었습니다.' 나는 아빠가 죽기 전까지 내가 누구인가를 한 번도 질문한 적이 없었다. 그 누구도 아닌 아빠 마이클의 딸이었으니까. 아이비가 입양아로서 치열하게 사춘기를 겪을 때, 난 아빠의 바지 자락을 붙잡고 그것을 놓지 않는 데만 목숨을 걸었다.

아빠는 한국이 나의 모국이라는 말을 한 번도 해 준 적이 없었다. 나 자신을 미국사람으로 믿게 했고 미국인의 생각을 갖게 했을 뿐이다. 한국은 전쟁 때 미국의 도움을 받은 나라고 지금까지도 미국이 보호해 주는 나라일 뿐이었다. 나는 미국을 사랑했고 미국인으로서 자부심을 느꼈다. 아빠가 그랬으니까.

홍연이를 끝으로 가족을 잃은 사람들의 자기소개는 모두 끝났다. 여자 진행자와 남자 진행자가 세 명의 게스트와 '가족'을 주제로 나누는 이야기들은 재미도 흥미도 없었다. 나는 빠삐용을 끌어안고 홍연이를 생각했다. 그 조용한 말에 담긴 간절함을 어디까지

믿어야 할지 알 수 없었다.

방송이 끝나갈 때쯤 진의 셀폰이 울렸다. 저녁 6시가 거의 다 되었을 무렵이었다. 전화를 받은 진의 표정이 어두워졌다.

"이사를 갔거나 사람이 없었을 수도 있잖아요. 다른 가능성이 있는데 왜 더 적극적으로 알아보지 않죠? 연락이 안 되면 직접 찾아가 봐야 하는 거 아녜요?"

진의 얼굴이 빨갛게 달아올랐다. 흥분한 것 같았다. 나는 부엌으로 물을 가지러 갔다. 불길한 예감이 들었다. 등 뒤에서 진의 말이 들렸다.

"겨우 우편 발송 두 번 더 해 보고 수신이 계속 안 되면 그거로 끝이요? 말이 된다고 생각하세요?"

나는 그 전화가 어디에서 왔는지 알아차렸다. 굿 뉴스가 아니라 배드 뉴스라는 것도.

"그런 식이면 뭐 하러 아까운 세금 쏟아 가며 거창한 사업을 하지?"

통화를 끝내고 진은 혼잣말처럼 중얼거렸다. 물을 두 잔 따라 거실로 갔다.

"진, 왜 그래?"

내가 묻자 진은 한숨을 내쉬었다.

"리사 엄마한테 보낸 편지가 그냥 돌아왔대."

나는 진에게 물잔을 건네고 그대로 서 있었다. 편지가 그냥 돌아왔다니, 가슴이 오그라들었다.

"수취인 거부는 받을 사람이 받지 않았다는 뜻이야. 하지만 받을 사람이 그곳에 없어서 못 받았을 수도 있어."

"엄마가 편지 안 받았다고?"

한 번도 불러 보지 못한 '엄마'는 내 입에서 불편하게 나왔다.

"받은 사람이 없다는 건 분명해. 어쩌면 리사 엄마가 돌려보냈을지도 모르고. 하지만 아닐 수도 있거든? 리사 엄마가 이사를 갔거나 집에 아무도 없었거나. 근데 너무 간단히 얘기하잖아. 답답해 죽을 것 같았던 그 직원 말야. 편지를 두 번 더 보내 보고 두 번 모두 다시 돌아오면 그땐 자기들도 할 수 있는 일이 없다나?"

그들이 최선을 다하지 않는다는 게 분명히 느껴졌다. 정부 기관에서 하는 일이 겨우 그 정도야? 적어도 슈퍼마켓에서 공산품을 파는 것보다는 사명감을 가져야지. 참치나 정어리 통조림에 관한 일이 아니라 사람에 관한 일이잖아. 콜라나 오렌지주스에 관한 일이 아니라 피에 관한 일이잖아. 울고 싶었다. 나를 낳은 사람을 찾기 위해 나는 얼마나 더 기막힌 일을 겪어야 할까.

이틀 전 해외입양아지원센터로부터 친생모에 관한 자료가 왔다. 역시, 유용한 정보들은 모두 빠져 있었다. 취약 계층 구분이나 장애 등급 유무, 입양 사유를 알려 주는 서류는 오히려 혼란만 부추겼다. 극빈자 지원 대상도 아니고 장애인도 아닌데 입양 사유가 생활고라니? 젊은 나이엔 복지 혜택을 받을 수 없다고 진이 말했지만 납득이 되지 않았다.

"리사, 방송국 프로듀서한테 연락해 보자. 찬밥 더운밥 가릴 때가 아냐. 리사 얘길 알릴 방법이 있다면 카메라 앞에 백 번이라도 서야지. 그쪽에서 먼저 얘기를 해 온 건 빅 찬스라고. 방송 출연이 쉬운 줄 알아?"

진이 다시 그 얘기를 꺼냈다. 어제 방송국 프로듀서에게서 전화가 왔다. 네스트에 연락해 전화번호를 알아냈다고 했다. 내가 자기소개를 하며 터뜨린 폭탄이 꽤 인상적이었는지, 그는 적극적으로 나왔다. 메간과 루카스 아저씨 두 사람의 이야기와 똑같은 비중으로 내 얘기를 다뤄 보고 싶다고 했다. 성공한 입양인들 사이에 파양 당한 십대 입양아 하나를 끼워 넣으면 방송이 훨씬 흥미진진해지겠지. 프로듀서는 내가 미국에서 얼마나 비참하게 살았는지, 그걸 부각하고 싶어 할 게 뻔했다. 나는 생각만으로도 고통스러운 스토리를 방송국 카메라 앞에서 떠들 용기가 없었다.

진에게 말했다.

"생각해 볼게."

거짓말이었다. 미안하지만 방송 출연은 하지 않을 거야.

*

밤 12시가 다 되어 아줌마가 노크도 없이 랑의 방에 들어왔다.

“할머니한테 미국 유학 간다고 했다며? 유학이 무슨 돈 내고 등록만 하면 되는 영어 학원인 줄 알아? 허파에 바람만 잔뜩 들어 가지고.”

텐트 속에 누워 있던 랑이 셀폰을 자기 배 위에 올려놓았다.

“유학 갈 거야.”

랑이 너무 태연하게 말하자 아줌마가 어이없다는 듯 웃었다.

“지금까지 한 번이라도 유학 얘길 했다면 모를까, 대학 포기, 도피 유학 그런 거 아냐? 가서 뭘 공부할 건데?”

“문화인류학.”

랑은 아줌마를 화나게 하려고 작정했는지 하품을 하면서 말했다.

“기막혀. 느닷없이 아빠 전공을 이어받겠다고? 아예 대학교수가 되겠다고 하시지.”

“그렇게 되지 말란 법도 없지.”

랑은 또 버릇없이 굴었다. 돌아가신 랑 아빠는 대학교수였나 보았다.

“공부하기 싫음 관둬. 대학 안 가도 되니까. 유학은 무슨. 그리고 할머니한테 통장 맡겨 논 것처럼 그럼 안 되지. 할머니가 니 교육비 대실 의무도 없고.”

“유학 갈 거야. 내 인생 내가 알아서 한다고.”

나는 펼쳐 놓았던 타로 카드를 긁어모았다. 웬지 비위가 상했다.

“쓸데없는 생각 치우고 공연이나 보러 와. 오랜만에 주연을 맡

왔는데 따님이 되셔 가지고 참 너무하시네요. 언니는 친구들이랑 꽃다발까지 들고 왔던데."

아줌마는 더 이상 유학 얘기를 하지 않았다. 무시하기로 한 것 같았다. 진이 학교 친구들과 공연을 봤다는 얘기는 들어서 알고 있었다.

"그새 카톡이 마흔여덟 개나 이어졌네?"

랑은 셀폰을 집어 들고 휙휙 화면을 터치했다. 아줌마는 랑을 흘겨보고는 문을 쾅 닫고 나갔다.

"랑, 예쁘게 말해야 좋아."

마음 같아서는 "너 진짜 못됐다" 하고 싶었다. 랑이 누운 채 나를 빤히 올려다보았다.

"나 있지, 엄마가 연극하는 거 좋아하지 않아. 엄마한테 열성 팬이 생길 때마다 뭔가 위태위태해지거든. 나중엔 엄마가 그 남자한테 푹 빠져 정신 못 차리니까. 남자 보는 눈이 완전 빵점이야. 아빠 이후로는."

"그 아저씨 랑 마음대로 점수 줄 수 없어."

나는 타로 카드를 섞으며 말했다. 정곡을 찌르는 말을 해 주고 싶은데 적당한 말이 생각나지 않았다.

랑은 몸을 휙 뒤집고는 나를 올려다보았다.

"봄에 엄마 연극 보러 갔다가 공연 끝나고 나왔는데, 그 남자가 딱 나를 알아보고 알은체를 하더라? 사진으로 날 봤다면서. 엄마가 분장 지우고 나와 인사를 시켜 줘서 그 사람이 누군지 알았지. 새 보이프렌드란 걸. 그 남자 마음에도 없이 립 서비스를 얼마나 터뜨리던지. 내가 엄마를 닮아 예쁘다는데 진짜 밥맛이더라. 첫째, 난 엄마를 하나도 안 닮았거든? 둘째, 엄마는 개성 있는 얼굴이지 예쁜 얼굴은 아니거든?"

얼마나 빠르게 말하는지 다 알아듣지도 못했다.

"엄마는 언제나 자기 팬하고 사랑에 빠져. 아빠랑 그랬던 것처럼. 처음엔 아빠가 엄마 팬이었는데 만난 지 얼마 안 돼 엄마가 아빠 팬이 됐대. 엄마가 아빠 전공인 문화인류학 책 백 권 읽고 결혼했다는 전설도 있잖아."

랑은 농담처럼 말하고 웃었다.

"와우, 그레이트."

랑 아빠가 뭘 연구하는 교수님이었는지는 모르지만 나는 낭만적인 이야기에 감동을 받았다.

"거기까진 멋질 수도 있어. 하지만 아빠가 하늘나라로 가고 나서는 아니었지. 자기밖에 모르는 그 영어 선생님은 아빠 돌아가시고 나서 세 번째 남자친구야. 첫 번째와 두 번째는 엄마가 지들 팬이 되자마자 엄마를 차 버렸고."

아줌마가 순수한 로맨티시스트처럼 여겨졌다.

"아줌마 사랑 아줌마 거야. 랑 마음대로 못 해."

나는 나이 지긋한 할머니처럼 말했다.

"난 엄마가 그 사람하고 결혼하면 더 이상 같이 못 살아. 그러면 엄만…… 나쁜 거야."

랑은 꽤나 심각했다.

"아줌마는 랑 버리지 않아."

랑은 입을 꼭 다문 채 아무 대꾸도 하지 않았다. 자기편이 되어 주지 않는 내가 야속하겠지. 나는 침대에서 내려와 랑의 텐트 앞으로 갔다.

"타로 볼까?"

"정말?"

랑은 눈을 반짝 뜨더니 벌떡 일어나 앉았다.

"나 유학 갈 수 있을지 봐줘. 와, 타로 그림 신기하다."

그래, 억지 쓰지 말고 타로 그림이나 감상해. 나는 방바닥에 천을 펴고 타로 카드를 잘 섞은 다음 둥글게 원을 그리듯 펼쳤다.

"두 장 뽑아. 왼손으로."

랑이 뽑은 카드는 메이저 0번 광대 카드와 12번 거꾸로 매달린 남자 카드였다. 쿡 웃음이 나왔다. 고를 것만 정확히 골랐잖아. 해석은 간단했다. 유학 갈 준비가 하나도 안 되었다. 그냥 미국으로 떠나면 어떻게든 되겠지, 쉽게 생각하고 있다. 하지만 마음대로 되지 않을 것이다. 지금 상태에서 더 나아가지 못할 것이다.

"미국으로 여행 가래. 그리고 재미나게 놀고 오래."

"야! 순 엉터리."

랑은 타로 카드를 휘저어 흐트러뜨렸다. 미안하지만 엉터리는 아닐걸?

*

허름한 단층집들과 이층집들이 좁은 길을 따라 촘촘히 붙은 인천의 한 마을. 칙칙한 색채만큼이나 마음이 무거워지는 동네였다. 지하철 동인천역에서 택시를 잡아타고 내비게이션에 주소를 찍은 다음 막힘없이 달려왔다. 어이가 없었다. 이렇게 가깝고 찾아오기 쉬운 곳인데 '친부모 동의'라는 장벽을 치고 철저히 차단하려 했다니. 주소를 도둑질하지 않았다면 영원히 오지 못할 곳이었는지도 모른다. 내 코에서 코피가 터졌던 건 우연이 아니었다.

진과 해외입양아지원센터에 다시 갔었다. 두 번째 편지가 다시 돌아왔다는 소식을 듣고 나서였다. 담당자인 검은 안경테를 만나 되돌아온 편지를 직접 확인하고 싶다고 했다. 검은 안경테는 상담 테이블로 우편물을 가져왔고, 봉투에 찍힌 원형 도장을 확인시켜 주었다. 동그라미 가장자리로 돌아가며 나누어진 몇 개의 항목들 중 '수취인 거부'에 펜으로 표시가 되어 있었다. 주소는 검은 안경테가 손으로 가려 보이지 않았다.

진은 왜 직접 찾아가 보지 않느냐고 항의했다.

"리사 엄마가 혹시 이사하진 않았는지, 그렇다면 그 동네에서

리사 엄마와 지금도 연락을 하는 사람이 있는지, 백방으로 알아봐야죠. 우편 발송만 딱 세 번 하고 끝! 어떻게 그럴 수 있냐고요."

"친부모가 이사하면서 입양 기관에 알리지 않은 건 만날 의사가 없다는 뜻으로 해석될 수 있어요."

입을 틀어막고 싶었다. 당신들 뭐야. 다리를 놓아줘야 할 사람들이 왜 높이 울타리를 치냐고. 당신들이 가진 서류는 책 한 권인데 양부모에게 준 서류는 왜 열 장밖에 안 되지? 양엄마 데이나는 날 버릴 때 입양 서류 한 장을 주며 말했다. 열 장쯤 되는 입양 서류를 마이클이 버렸는데 자기가 입양 동의서 한 장과 사진 하나를 몰래 주워다 놓았다고.

양부모가 받은 입양 서류가 왜 그렇게 적은지, 네스트에 문의했을 때 믿을 수 없는 얘기를 들었다. 입양 조건을 충족시키려고 양부모에게는 최소한의 서류만 최소한의 내용으로 번역해 주거나, 사실과 다른 서류를 만들어 주었을 가능성도 있다는 거였다. 옛날에는 그런 비리가 종종 있었다는 얘기도 들었다. 편법으로 부모 있는 아이를 고아로 변신시킨 사례를 듣고는 충격을 받았다. 한국이 오래도록 고아 수출국이라는 수치스런 이름을 가지고 있었다는 게 조금도 이상하지 않았다.

나는 검은 안경테에게 말했다.

"당신 마음대로 말하지 마세요."

내 목소리는 떨렸다. 더 심한 말을 하게 될까 봐 이를 꽉 물었다.

"우리가 직접 찾아가 볼게요."

진이 말했다. 검은 안경테는 정답은 오직 하나밖에 없다는 듯 같은 말만 되풀이했다.

"입양아특례법상 친부모 동의가 없이는 주소를 공개할 수 없습니다."

속이 울렁거리면서 토하고 싶었다. 대체 누구를 위한 법이야. 왜 죄 없는 입양아들에겐 아무런 선택권도 주지 않느냐고. 검은 안경테가 비슷한 말을 또 한 번 반복할 때 나는 구역질을 하듯 소리쳤다.

"크레이지! 크레이지!"

그 순간 오른쪽 콧구멍에서 주르륵 코피가 흘러나와 옷으로 뚝뚝 떨어졌다. 당황한 검은 안경테가 티슈를 가지러 뛰어갔다. 우편물은 테이블에 그대로 놓여 있었다. 진과 나의 눈빛이 쨍 마주쳤다. 나는 진의 마음을 읽었다. 내가 고개를 끄덕이자 진이 셀폰으로 봉투의 주소를 재빨리 찍었다. 찰칵. 만세!

내가 태어나 잠시 살았을지도 모르는 이곳은 아파트 단지와는 다른 풍경이었다. 집들이 하나하나 자기만의 고독하고 비밀스러운 이야기를 품고 있는 것 같았다. 낡고 오래된 느낌은 있지만 그렇다고 빈민가처럼 보이지는 않았다. 어쩌면 내 슬픈 과거엔 가난 이상의 복잡한 이야기가 숨어 있을지도 몰라.

집집마다 붙은 문패를 하나하나 확인해 나가던 끝에, 사진으로 찍어 온 주소와 정확히 일치하는 집 앞에 섰다. 이제 그 복잡한 이야기의 첫 장을 들춰 보게 되겠지? 오줌이 마려웠다.

칙칙하게 먼지 낀 붉은 벽돌의 단층집이었다. 초인종을 누르니 한 여자가 나왔다. 라면처럼 꼬불꼬불한 파마머리 아줌마가 묵직한 철제 대문을 열 때, 나는 숨이 멎는 줄 알았다. 화장품을 뒤집어쓴 듯 메이크업이 요란한 얼굴. 엄마의 모습을 상상해 본 적은 있지만 이렇게 무서운 얼굴은 아니었는데…….

"장미라 씨를 찾아왔는데요."

진이 라면 머리 아줌마에게 말했다. 나는 똑바로 쳐다볼 수가 없어 고개를 숙인 채 대답을 기다렸다.

"장미라 이사 간 지가 언젠데. 한 8, 9년 됐을걸?"

실망과 안도가 뒤섞인 한숨이 내 발등으로 떨어졌다. 엄마가 아니었구나. 눈물이 핑 돌았다.

"장미라는 왜 찾는데?"

진은 나를 보고 잠깐 머뭇거리다 말했다.

"뭐 좀 확인할 게 있어서요. 어디로 이사 가셨는지 아시나요?"

"바로 옆 동네로 가서 한 2년 살다가 멀리 대전으로 갔다던가……. 난 잘 몰라. 건너 건너 아는 사이라. 우리 집에 세들어 살았어도 친하진 않았거든. 장미라는 저 뒤쪽 방에 살았고."

라면 머리 아줌마는 손으로 집 안 어딘가를 가리켰다. 그러고는 잠깐 기다리라며 안으로 들어가더니, 누군가와 통화를 하며 다시 나타났다.

"글쎄 빨리 건너와 보라니까. 응, 응."

라면 머리 아줌마는 전화를 끊고 손가락으로 골목 끝을 가리켰다.

"장미라 친구가 올 거야. 옛날에 둘이 같은 공장에 다녔거든."

진과 나는 고개를 끄덕였다. 복잡한 이야기의 두 번째 페이지는 어떤 것일까.

"혹시 얼마 전에 우편물 돌려보내신 적 있었나요?"

진이 라면 머리 아줌마에게 물었다.

"아, 그거? 입양아 어쩌고 하는 데서 왔기에 잘못 보낸 것 같아 돌려보냈지. 것도 두 번이나. 장미라 그 여자 까맣게 잊고 있었는데 그때 생각이 나더라니까? 아니 그럼……."

라면 머리 아줌마가 옆으로 꺾인 물음표처럼 고개를 갸웃하다 골목 입구를 향해 손을 흔들었다. 누군가 걸어 들어오고 있었다. 나는 문틈으로 집 안을 들여다보았다. 마당은 좁고 음침했다.

"장미라는 재혼해서 대전으로 갔는데. 남편이 대전 사람이거든. 10년쯤 됐지 아마?"

엄마의 친구는 인사도 주고받기 전에 말했다. 대충 틀어 올린 머리엔 집게 핀 두 개가 꽂혀 있었고, 보풀이 심한 잿빛 스웨터엔 여기저기 붉은색 실밥이 붙어 있었다. 일을 하다가 온 것 같았다. 인천과 마찬가지로 대전도 처음 들어 보는 지명이었다. 어디에 있는 곳일까.

"장미라 씨 연락처를 아세요?"

진이 물었다.

"안 그래도 방금 전화해 봤는데 없는 번호더라고. 대전으로 가고 나선 통 연락을 안 해 봤네. 근데…… 누군데 장미라를 찾아?"

엄마의 옛 직장 친구는 진과 나를 번갈아 훑어보았다.

"나는 장미라 씨 딸입니다. 엄마를 찾으러 왔습니다."

나는 또박또박 말했다. 두 아줌마의 눈이 컴컴하게 커졌다.

"뭐? 딸? 공장에서 몇 년을 같이 일했지만 애가 있다는 얘긴 들어 본 적 없는데? 걔가 처음엔 결혼을 한 번 했었단 얘기도 숨기고, 이유 없이 갑자기 일 년 가까이 쉬었다 나오기도 하고, 좀 비밀스러운 데가 있긴 했지만."

엄마의 친구가 말했다. 엄마가 결혼을 두 번이나 했다는 말인가?

"그러니까 니가 장미라 딸인데 입양을 갔다는 얘기야?"

라면 머리 아줌마가 나에게 물었다. 흥미로운 이야기 속으로 들어온 듯 호기심이 가득했다.

"네, 미국으로."

"어머, 이게 뭔 일이야. 생전 들어 보지도 못한 딸에다 입양은 또 뭐고."

엄마 친구가 믿을 수 없다는 듯 나를 뜯어봤다.

"아유 나도 모르겠다. 니들 전화번호 좀 줄래? 내가 한번 수소문해 볼게. 장미라하고 가까웠던 애가 알고 있을지도 모르니까."

엄마의 친구는 집게 핀 하나를 빼 머리를 북북 긁었다. 진이 메모지를 꺼내 전화번호를 적어 주었다. 나는 다시 발등으로 시선을 떨어뜨렸다. 그대로 골목을 뛰쳐나가고 싶을 만큼 자존심 상하고 화가 났다.

10마일은 달린 것처럼 기진맥진해 큰길로 나왔다. 머리가 아프다 못해 귀에서 윙윙 소리가 났다. 내가 엄마의 친구들도 알지 못했던 아이였다니. 엄마가 결혼을 몇 번 했든, 이 세상에 태어나지 말았어야 할 존재인 것처럼 기가 죽었다. 어쩌다가, 어쩌다가 내가 태어났을까. 이웃도 모르는 채.

"오늘 하루 정말 롤러코스터였지? 그래도 소득이 없진 않았잖아. 때맞춰 터져 준 코피 덕분에."

핏자국이 남은 내 재킷을 내려다보며 진이 말했다. 재킷 색깔이 초콜릿색이라 눈에 잘 띄진 않았다.

"더 기프트 프롬 헤븐? 퍼킹 기프트(The gift from heaven? Fucking gift, 하늘에서 내려 준 선물이라고? 빌어먹을 선물이네)."

나는 해외입양아지원센터 엘리베이터에 붙어 있던 포스터의 문구를 생각하며 내뱉었다. 진은 가방에서 생수병을 꺼내 나에게 건넸다.

"먼저 마시고 줘."

나는 열을 식히느라 꿀꺽꿀꺽 물을 마셨다. 1초라도 빨리 이 기분 나쁜 곳을 벗어나고 싶었다.

*

토요일, 랑이 친구 둘을 데리고 왔다. 유학원에서 자세히 상담을 받아 보겠다며 나간 지 한참 지나서였다. 들어오는 길에 우연히 만났는데 잠깐만 놀다 갈 거라고 했다. 그런데 한국의 열여덟 살 여자애들은 다 이런가? 말하는 것도, 옷차림도, 그때그때의 제스처와 반응도 비슷했다. 화장도 똑같았다. 주근깨 하나 안 보이도록 뽀얗게 크림을 바른 얼굴, 핑크빛으로 반짝반짝 도드라진 입술, 검게 구부려 올린 속눈썹과 흰 광택이 나는 눈 밑 살까지. 랑이 매일 색깔 있는 크림을 얼굴에 바르고 다니는지는 오늘 처음 알았다. 아침에 화장품을 거실로 들고나와 공들여 메이크업을 하면서 랑은 말했다.

"생얼로 외출하는 건 실례야."

'생얼'은 기초 화장수 정도만 바른 맨얼굴을 말한다고 했다. 맨얼굴로 밖에 나가는 게 실례라니, 한국 여자애들의 에티켓은 정말 괴상했다. 그럼 세수만 하고 다니는 나는 모두에게 실례를 범하고 있는 거네?

여자애들과 인사를 할 때부터 나는 불쾌했다. 메이크업 때문이 아니었다. 그 애들이 내 얼굴에 화장품을 바른 건 아니니까. 나에게 두 친구의 이름을 말해 준 다음 랑은 그 애들에게 나를 소개했다.

"리사는 진 언니가 미국 어학연수 중에 알게 된 친군데, 아기 때 미국으로 입양 가서 지금까지 뉴저지에 살고 있어."

애 지금 뭐 하는 거지? 예고도 없이 친구들을 데려와 갑작스레 옷을 벗기다니. 혜리라는 여자애가 "반가워, 리사" 하며 생긋 웃는데도 무표정하게 "하이" 하고 말았다. 방으로 들어가 버리고 싶었지만 참았다. 메이크업 소녀들은 뉴저지가 어디에 있느냐는 둥, 자기도 미국에 가 보고 싶다는 둥 하면서 나에게 관심을 보였다. 한국말을 조금 하는 게 트로피라도 받을 일인 양 감탄을 하기도 했다. 진이 학교 구경을 시켜 준다며 같이 나가자고 할 때 따라나설걸.

그런데 진짜 기분이 상한 건 그다음이었다. 부엌에서 스낵과 음료수를 가져온 랑이 기가 막힌 소설을 썼다.

"리사도 우리랑 동갑인데, 자기가 태어난 나라를 알기 위해 휴학까지 하고 한국에 왔잖아."

혜리, 그리고 민경이라는 이름을 가진 두 아이가 "정말?" 하고 감동할 때 나는 소리를 지를 뻔했다. 난 그런 말 한 적 없다고!

민경과 혜리는 놀라운 속도로 스낵을 먹어치우며 재미없는 질문들만 던졌다. 한국에 대한 첫인상이 어땠어? 한국에서 먹어 본 음식 중 제일 맛있는 게 뭐였니? 좋아하는 한국 아이돌 스타 있어? 한국에서 가장 해 보고 싶은 건 뭐야? 오, 따분해라. 나는 지겨운 인터뷰를 하듯 대꾸했다. 한국 지하철 깨끗하고 훌륭해. 불고기 맛있어. 한국 아이돌 스타 몰라. 한국에서 해 보고 싶은 건 글쎄…….

랑의 얼굴은 모욕이라도 당한 듯 빨개졌다. 나를 보는 눈빛은 이랬다. 어쩜 그렇게 성의 없고 무례하니? 민경과 혜리는 어색한 웃음을 지었다. 한국의 아이돌 스타를 하나도 모른다고 할 때는 미국의 대통령 이름을 모른다고 한 것처럼 놀랐다.

"미국에도 학원 있어?"

셋 중 가장 붙임성 있는 혜리가 물었다. 학원은 또 뭘까.

"애프터 스쿨이라고 생각하면 돼."

랑이 나를 보지도 않고 말했다. 화가 나셨다는 거니? 배려심이라곤 병아리콩 한 알만큼도 없는 철부지야.

"클래스 모두 끝나면 악기 배우고 그림 배울 수 있어. 노래도 하고 운동도 해. 그렇지만 하기 싫으면 안 해도 돼."

아는 대로 얘기했지만 이 아이들이 말하는 학원이 뭔지 알 수 없었다.

"대학 가기 위해 학교 말고 따로 돈 내고 공부하는 데를 학원이라고 해."

민경이 설명해 주었다. 대학 입학을 위해 공부하는 곳으로 미국엔 프렙(Prep, university-preparatory school)이라는 게 있긴 했다. 하지만 한국 아이들이 다니는 학원은 프렙과는 많이 다른 것 같았다. 프렙을 다니는 미국 아이들은 얼마 안 되니까.

"학원, 미국에 없어."

내 대답에 메이크업 소녀들은 똑같은 소리를 냈다.

"좋, 겠, 다."

그러고는 깔깔 웃었다.

"유학 카운슬링 잘 했어?"

미국 얘기를 그만하고 싶어 랑에게 물었다. 랑은 찔끔 놀라며 친구들 눈치를 살폈다.

"무슨 유학?"

민경이 묻자 곧 별일 아니라는 듯 어깨를 으쓱하며 말했다.

"유학은 뭐. 앞날이 너무 어두컴컴해 그냥 한번 생각해 본 거지."

통통한 뺨이 또 빨개졌다. 아줌마에겐 태평양을 헤엄쳐서라도 유학을 갈 것처럼 그러더니 뭐지? 친한 친구들도 모르다니.

민경과 혜리는 자기들이 얼마나 불행한 아이들인지 쉬지 않고 떠들었다. 학교도 지옥이고 학원도 지옥이라는 게 시끌시끌한 이야기의 포인트였다. 하기 싫으면 안 하면 되지 뭐가 문제? 나는 시큰둥하게 말했다.

"지옥에 가지 마. 그리고 울지 마."

이 불행한 소녀들은 분수처럼 웃음을 터뜨렸다.

"대학 포기할 거면 몰라도 지옥은 필수야. 한국 십대들의 행복지수는 OECD 회원국 중 꼴찌, 자살률은 1위. 어메이징하지?"

혜리가 말했다. 말이 어려워 정확히 알아듣지는 못했다. 한국의 틴에이저들이 불행하다는 얘길 반복하는 것 같았다.

"미국은 어때? 고등학생들이 파티도 한다며?"

"공부는 인도하고 한국 애들이 주름잡는다던데 정말이야?"

"리사 꿈은 뭐야?"

불행한 소녀들은 재미없는 질문만 계속했다. 난 그런 얘기와는 너무 멀리 떨어져 있단다. 랑은 유학 얘기가 나온 다음부터 입을 다물어 버렸다.

나는 식탁 밑에 있다가 쪼르르 달려온 빠삐용을 안고 말했다.

"민경, 혜리, 바우와우 우프우프 하는 것 같아."

"바우와우 우프우프?"

"그게 뭔데?"

"강아지 불평하는 소리."

내 유머가 먹혔는지 불행한 소녀들은 또 한 번 웃음을 터뜨렸다. 누구 폰인지 전화벨 소리가 울렸다.

"엄마야."

민경이 셀폰을 들여다보더니 전화를 받지 않았다.

"가야겠다. 과외 늦으면 나 완전 털려. 으, 물귀신."

"난 어떻고. 우리 마마는 잘 때까지 방문도 못 닫게 해. 딴짓 한다면서. 엄마가 아니라 교도관이라니까?"

혜리와 민경은 비명을 질러대며 현관으로 몰려갔다.

"바이, 리사."

"안녕."

엄지와 검지를 모아 하트를 만들어 보이는 그 애들에게 손을 흔들어 주었다.

지옥을 말하고 비명을 지르면서도 친구들과 명랑하게 몰려다니는 아이들이 부럽고 질투 났다. 너희는 그래도 두 번이나 고아가 돼 바다를 건너다니지는 않잖니. 과거가 생각했던 것보다 더 비참했을까 봐 조바심치지 않아도 되잖니.

"민경, 혜리, 몰라? 랑 유학 얘기."

아이들이 가고 난 뒤 랑에게 물었다.

"몰라."

"왜 이야기 안 해?"

"내 맘이지."

랑은 잔뜩 부어 대답했다.

"유학 가는 게 어떻게 히말라야 넘기보다 더 어려워? 요구하는 게 얼마나 많은지. 내신에 SAT, 토플, 학교 추천서, 자기소개서, 활동 이력, 기타 등등등. 유학생들한테 등록금 엄청 받아 챙기면서 까다롭긴 왜케 까다롭냐."

"미국 학생들 똑같이 해."

또 미국 홍보기에 나선 랑의 입을 막았다. 현관문 여는 소리가 두 번째 매치를 막아 주었다.

아줌마는 거실에 있는 랑과 나를 보고 놀라는 것 같았다. 혼자가 아니라 어떤 아저씨와 함께였다. 남자친구? 젠틀한 인상에 키는 좀 작은 편이었다.

"집에 있었네? 소품 가지러 잠깐 들렀어."

신발을 벗으며 아줌마는 변명하듯 말했다.

"리사는 진이랑 나갔을 줄 알았는데……. 랑, 넌 오늘 친구들하고 논다고 안 했어?"

"놀고 왔어."

랑은 엄마의 남자친구를 빤히 보면서 인사도 하지 않았다.

"잘 지냈니?"

아줌마를 따라 들어온 아저씨가 랑에게 먼저 인사를 건넸다.

"이젠 집까지 드나들고 어이없어. 아저씨, 우리 엄마한테 결혼하자고 했다면서요? 나 미국 가면 하세요."

랑이 고개를 빳빳이 들고 말했다. 아줌마는 하얗게 질려 랑을 노려보았다. 아저씨는 얼굴이 붉어져 어색하게 웃었다. 랑 왜 저러지? 미친 아이 같았다.

"너 정말 이럴래?"

아줌마는 조용히 연극 대사를 읊듯 말했다. 그러고는 방에서 커다란 종이 가방을 들고나와 아저씨를 데리고 나갔다.

랑을 보기가 거북했다. 그 아저씨가 싫다는 이유만으로 억지 생떼를 쓰고 있는 것 같았다.

"리사."

방으로 들어가는데 랑이 나를 불렀다.

"나 정말 못됐지?"

나는 대답하지 않고 조금 웃었다.

"우리 엄마, 우릴 낳은 친엄마 아니야. 새엄마야. 엄마가 저 아저씨랑 결혼하면 난 같이 살지 않을 거야. 우리 아빠가 내 마음속에 있는 한. 그리고…… 새것은 하나로 충분해."

랑은 소파에 올라앉아 셀폰을 만지작거렸다. 나는 동상처럼 서 있었다. 무슨 말을 해야 할지 몰랐다. 얼마 전 랑이 한 말이 생각났다. '리사, 나 미워하지 마. 알고 보면 나도 불쌍한 애니까.' 그런 말을 한 이유가 있었구나. 진과 랑이 아줌마와 하나도 닮은 데가 없는 것도 이해되었다. 랑을 아빠만 안 계시지 부족함 없이 살면서 불평만 하는 철부지인 줄 알았는데, 뜻밖의 반전이었다. 이럴 땐 어떻게 해야 하지?

결국 할 말을 찾지 못한 채 방으로 들어왔다. 빠삐용이 따라 들어오더니 랑의 텐트로 들어갔다. 침대에 비스듬히 누워 손가락으로 머리를 꾹꾹 눌렀다. 랑에게 위로라도 해 줬어야 했나? 하지만 그럴듯한 말이 하나도 생각나지 않았는걸. 그리고 지금은 내 문제만으로도 머리가 조각날 것처럼 아팠다.

인천의 엄마 친구가 했던 말이 계속 귀에서 맴돌았다. 애가 있다는 얘긴 들어 본 적 없는데? 그 말이 가슴 한복판을 강타해 시퍼렇게 멍이 든 것 같았다. 엄마는 왜 내 존재를 숨겼을까. 두 번 결혼을 했다면 그중 첫 남편은 나의 아빠였을까, 다른 사람이었을까.

가브리엘과 영상 통화를 시도했다. 우울하지 않은 얘기를 나누고 싶었다. 영상 통화는 이번이 두 번째, 바다 건너에 있는 사람과 마주보고 통화를 할 수 있다니 신기했다. 전화번호를 누르고 3초도 안 돼 가브리엘은 "헬로" 하고 전화를 받았다. 자려던 참이었는지 낡은 티셔츠 차림으로 침대에 앉아 있었다.

"나야, 가비. 거긴 한밤중이겠다. 별일 없지?"

나는 랑에게 들릴까 봐 목소리를 낮췄다. 가브리엘은 머리카락을 뒤로 쓸어 넘기며 대답했다.

"한 가지만 빼고는. 아래층에 마약 하는 놈이 이사 왔어. 저녁 내내 시끄럽게 굴더니 이젠 뭘 하는지 쿵쿵거리는 소리까지 나네. 잠도 안 오고 작업이나 해야 할까 봐. 너 출국하기 전에 시작한 설계 과제가 있거든. 내가 말 안 했나? 아, 넌 어때?"

가브리엘의 목소리를 들으니 마음이 좀 편안해졌다.

"음…… 열심히 움직이고 있어. 생각지 못한 일들이 툭툭 튀어나와 깜짝깜짝 놀랄 때가 있긴 하지만. 나중에 자세히 말해 줄게."

"아무 일도 없다는 얘기보단 낫네. 내가 격하게 응원하는 거 알지?"

가브리엘은 익살스럽게 웃었다.

"응, 격하게 고마워."

나도 장난스럽게 대답했다. 내가 처음부터 숨겨진 존재였다는 얘긴 하고 싶지 않았다. 아니, 인정하고 싶지 않았다. 그럼 너무 가혹하잖아.

"어떤 건물을 설계하는 거야? 그런 얘기 처음인데."

가브리엘이 말한 설계도에 관해 물었다. 가브리엘은 건축 설계를 전공하고 있었다.

"개인 주택. 네가 오기 전까지는 작업을 끝낼 수 있을 거야."

"나 없으니까 편하고 좋지? 가비가 할 일의 절반은 내 일이었는데."

가브리엘은 하하 웃었다.

"완전히 편하긴 한데, 뭔가 있어야 할 게 없는 기분? 근데 리사, 지금 설계하는 집 말야, 네가 살 집이라면 뭘 제일 중요시할 것 같아? 비전문가 의견 좀 들어 보자. 내가 생각지 못한 아이디어가 나올 수도 있으니까. 나 제대로 한번 해보고 싶어. 내가 좋아하는 교수 과목이거든."

가브리엘의 표정과 목소리에서 생기가 느껴졌다. 뉴저지에서 창고를 개조해 자기 방으로 만들었을 때도 이렇게 열성이었는데. 뭔가 한 마디쯤 거들어줘야 할 것 같았다.

"난 창문이 많은 집이 좋아. 언젠가 나한테 그랬잖아. 창문은 그 집의 눈이나 입 같은 거라고. 이웃과 눈짓을 주고받는 시선이고 이야기를 주고받는 통로다, 그렇게 말했던 거 생각나."

"기억력 굉장하다."

가브리엘은 기분이 좋아 보였다. 콜로라도에 함께 있을 때 집을 인체에 비유하면서 어린애처럼 신나 했던 게 생각났다. "집은 사람 몸과 비슷해. 집을 떠받치는 기둥은 뼈, 안쪽 벽은 근육, 바깥쪽 벽은 피부라고 할 수 있지. 그리고 전기 공급선이나 배관은 순환기와 소화기에 해당해. 집도 하나의 생명체 같아서 태어나고 자라고 늙고 병들어 죽는 거야. 잘 관리하면 수명이 길어지고 함부로 쓰면 짧아지고……." 그때 나는 생각했다. 창문이 하나밖에 없어도, 병든 노인처럼 망가진 집이라도, 누구의 방해도 없이 함께 있고 싶은 사람과 살 수 있는 집이면 좋겠다고.

"작업 시작하려면 빨리 책상에 앉아. 실은 나도 쉬려던 참이었어."

피곤이 몰려와 잠깐이라도 눈을 붙이고 싶었다.

"오케이, 리사. 하늘에 있는 마이클이 널 도와줄 거야."

역시, 가브리엘다운 인사가 건너왔다. 책상으로 가는지 얼굴 뒤 배경이 흔들렸다.

"바이."

영상 통화를 종료하고 침대에 풀썩 엎드렸다. 뉴저지에서 내 미아병을 극복하게 했던 아빠, 이곳에서도 나를 인도해줄 거죠? 다시 몸을 뒤집고 창밖 하늘을 올려다보았다. 한국의 10월, 바깥 기온이 며칠 새 뚝 떨어져 찬 공기가 느껴지기 시작했다. 포근한 날씨였다가 갑자기 눈이 내려 세상이 온통 하얗게 변한다는 콜로라도의 늦가을이 보고 싶었다.

뉴저지의 파파걸

뉴저지에서 나는 약 16년을 살았다. 좋아하는 것을 포기할 줄도, 고통을 받아들일 줄도 알아야 한다는 사실을 깨닫는 데는 10년이 넘는 시간이 필요했다. 단지 아는 데만! 나는 행복과 불행 사이를 정신없이 오갔다. 동생 대니얼을 아빠의 사랑하는 딸로 인정하면 평화를 얻었고, 대니얼이 받는 사랑에 조바심칠 때는 지옥을 살았다. 데이나와는 끝없이 전쟁을 벌였다. 대니얼에 대한 질투를 멈추면서 휴전 상태가 되었지만 관계가 나아지지는 않았다.

7학년이 되어서는 바짝 긴장해야 했다. 방학 동안 뜨거운 여름 햇빛을 받은 아이들은 부쩍 어른스러워졌고, 그들에게 뚜렷해지고 있는 2차 성징들은 "난 이제 어린아이가 아니야!"라고 외치는 것 같았다. 게다가 그 애들은 부모의 품속으로부터 빠져나와 끼리

끼리 뭉쳐 다니고 자기들만의 비밀을 만들어가고 있었다.

그런 애들을 보며, 그때까지도 아빠를 독차지했던 시절을 그리워하는 나 자신의 모습에 한숨이 나오곤 했다. 여자애들은 거의 생리를 시작했지만 나는 그때까지 아무런 신체적 변화도 보이지 않았다. 다른 동양 아이들과는 달리 체격이 큰 편이었는데도 가슴이 작았고 몸의 굴곡도 밋밋했다. 성장이 더딘 아이들은 저주받은 유전자를 탓하며 고민에 빠졌지만, 나는 성숙한 몸을 갖지 못한 것을 다행스러워했다. 나는 마이클의 베이비였으니까.

대니얼에게는 잘해주려고 애를 썼다. 그 아이의 친절한 언니로서 최선을 다하는 동안은 평범한 미국 가정의 딸이라는 의식을 가질 수 있었다. 대니얼은 종종 내 생김새에 호기심을 품기도 했다. 하지만 "왜 리사 언니는 우리랑 다르게 생겼어?" 라고 물었다가 난리를 치르고는 두 번 다시 그런 질문을 하지 않았다. 가족 중의 하나가 성난 고릴라로 돌변하는 건 그 아이에게도 즐거운 일은 아니었던 것이다.

아빠와 같이 지낼 수 있는 시간은 점점 줄어만 갔다. 아빠가 직장을 그만두고 식료품을 전문으로 취급하는 그로서리*를 시작했기 때문이다. 아이들을 좀 더 잘 키우려면 개인 사업을 해야 한다는 게 아빠의 생각이었다. 아빠는 하루의 대부분을 그로서리에 매

* 생필품과 식료품 등을 파는 상점.

달려 있었다. 히스패닉계 청년 두 명을 파트타임 직원으로 고용했지만 가게를 완전히 믿고 맡길 수는 없었다. 그들은 토요일에 주급을 받으면 일요일까지 신나게 놀다가 월요일엔 무단결근을 하는 일이 잦았다.

아빠가 그로서리에서 금전 등록기를 두드리는 동안 나는 따분한 시간을 보내야 했다. 학교 수업 시간과 과외 활동은 늘어났지만 그래도 오후 5시면 모든 일과가 끝났다. 과외 활동으로는 소프트볼을 했는데 마이클은 그로서리 때문에 타운십* 클럽 대항 친선 경기에도 올 수 없었다. 경기 내내 관중석을 살피느라 나는 투수 앞 땅볼 아웃과 삼진 아웃을 당했으며 수비에서도 여러 번 실책을 기록했다. 데이나를 졸라 함께 온 대니얼이 목이 터져라 내 이름을 불러댔지만 이미 맥이 빠질 대로 빠진 뒤였다.

가끔은 여자애들과 어울려 쇼핑몰에 옷 구경을 가거나 테라스가 있는 카페에서 초콜릿 파르페를 사 먹기도 했다. 그때는 "넌 우리랑 달라" 하는 말에도 "그래, 잭슨 선생님도 그랬지. 내 머릿속에 든 게 너무 많다고" 하며 우스갯소리로 넘겨 버릴 만큼 능청스러워졌다. 그런 나에게 대놓고 칭크니 국크니 하며 놀리는 아이도 없었다. "저 계집애 뭐 믿고 저러지?" 하는 아이들은 물론 있었지만 철저히 무시해 버렸다.

* 우리나라의 '구'와 같은 행정구역 단위.

데이나는 대니얼이 유치원에 가 있는 동안 파트타임으로 네일숍에 나갔다. 처음엔 자기 손톱과 발톱을 연습용으로 하여 엉망으로 망치길 반복했지만, 얼마 안 있어 그 방면에 소질을 나타냈다. 경력 4년의 중간 기술자인 데이나는 전문가가 되어 자기 네일숍을 여는 걸 목표로 삼았다.

휴일이면 나는 아침 일찍 아빠를 따라 나가 그로서리에서 살다시피 했다. 내가 할 수 있는 일은 고작해야 배달된 신문과 잡지를 매대에 진열하고 1달러 25센트짜리 커피를 파는 정도였지만 신이 나서 그 일을 했다. 아빠와 온종일 같이 있기만 한다면 무슨 일이든 할 수 있었다.

점원 두 명을 교대로 쓰는 작은 그로서리는 비교적 잘 되는 편이었다. 인구밀도가 높고 백인과 흑인, 소수 민족이 섞여 살고 있는 동네의 목이 좋은 곳이었다. 주변에는 유기농 야채와 과일을 파는 팜 마켓과 영화 비디오 대여점, 베이커리, 중국 레스토랑, 꽃가게 등이 있었다.

가까운 곳에 큰 공원과 광장이 있어 구경거리도 심심찮았다. 특히 5월 말에 있는 메모리얼 데이* 퍼레이드는 볼만했다. 차량을 통제한 거리에 사람들이 쏟아져 나와 성조기를 흔들며 〈미국에 축복을〉이라는 노래를 부르면 축제의 분위기가 서서히 무르익었다. 퍼

* 미국에서 5월 마지막 주 월요일로 지정, 전쟁터에서 싸우다 죽은 장병들을 추도하는 날. 우리나라의 현충일과 같다.

레이드가 지나갈 시간엔 발 디딜 틈 없이 인파가 몰려 "USA!"를 외쳐댔다. 그러면 밴드의 쿵작거리는 연주 소리와 함께 성조기를 앞세운 기수단이 대열의 선두를 이루고 나타났다. 고적대의 지휘봉 묘기에 관중이 함성을 지를 때쯤 군복에 휘장과 훈장을 주렁주렁 매단 옛 군인들이 근사한 올드 카에 올라탄 채 밴드의 뒤를 따랐다. 터져 나오는 함성에 그들은 기품 있게 손을 흔들어 답했다.

그 시간에는 그로서리에 손님이 거의 없어 아빠와 나는 밖으로 나가 퍼레이드를 즐겼다. 아빠는 특히 그 날을 학수고대하기라도 한 것처럼 열광적으로 손을 흔들고 휘파람을 불었다.

"저기 봐라, 리사. 제2차 세계대전과 한국 전쟁에 참전했던 할아버지들이야. 백발에 느릿느릿한 걸음이지만 자부심과 긍지가 엿보이지 않니? 그 뒤에 분들은 아직 정정하신 걸 보니 걸프전*에 참전했던 분들인가 보다."

아빠는 나에게 퍼레이드를 생중계하며 행렬이 바뀔 때마다 성조기를 있는 힘껏 흔들기도 했다. 그로서리만 아니라면 전사자 묘역까지 따라가지 않았을까 싶을 만큼 그는 열렬했다. 그에게서 우러나오는 추모와 존경의 마음은 위대한 나라 미국에 바쳐지는 것이었다. 나는 거기에다 아빠 마이클에 대한 존경심을 더해 성조기를 흔들고 목청껏 환호성을 질렀다.

---

* 이라크의 쿠웨이트 침공이 계기가 되어, 미국과 영국, 프랑스 등 34개 다국적군이 1991년 1월부터 이라크를 상대로 벌인 전쟁.

그즈음 순전히 나를 만날 목적으로 그로서리에 오는 손님이 둘 있었다. 가브리엘과 아이비. 가브리엘은 공원에서 하키를 하고 와 언제나 게토레이를 사서 마셨고, 나와 얘기를 조금 나눈 후에는 아빠 마이클을 도와 이런저런 잡다한 일을 하고 돌아갔다. 5학년 때 테라로부터 나를 구해 준 가브리엘은 그 이후로도 자상한 오빠처럼 나를 돌봤다.

또 한 명의 손님은 아이비, 한국계 입양아였다. 쌍꺼풀 없이 작은 눈, 낮은 코, 두드러진 광대뼈, 납작한 이마와 뒤통수, 전형적인 동양인의 얼굴을 한 그 애는 키도 나보다 한 뼘은 작았다. 하지만 촉촉하게 빛나는 눈빛만큼은 항상 무엇엔가 대비하고 있는 듯 영리해 보였다. 조숙하고 생각이 많은 그 애를 처음 만난 것은 학교 운동장 수돗가에서였다.

*

아이비가 처음으로 던진 말은 외모에 걸맞지 않게 경쾌했다.

"너 소프트볼 잘하던데?"

수도꼭지에 입을 대고 물을 마시던 나는 허리를 꺾고 고개를 튼 채로 아이비를 올려다보았다. 한 시간 내내 말처럼 뛰어다니는 모습을 지켜보고 있었단 말야? 깜찍한 계집애, 대체 넌 누구니? 동양인 학생들 중 7학년에 전학 온 한국계 아이가 있다는 얘길 듣긴 했지만 만나 본 적은 없었다. 하지만 그 주인공이 제 발로 내 앞에 나타나리라고는 생각지 못했다. 학기 초라 같은 반 아이들과도 다는 이야기를 나눠 보지 못하던 때였다.

"그렇게 보였니? 사실 소질은 별로 없는데."

꽤나 예민해 보이는 동양 아이는 소리 없이 웃었다. 그러고는 나의 검은 머리카락과 노란 빰을 가만히 어루만졌다.

"난 아이비라고 해. 아이비 문 어셔. 한국에서 온 입양아야."

난 물을 마시다 사레가 들려 캑캑거렸다. 한국계 아이와 친구로 지낸 적이 한 번도 없었던 데다 '입양아'라는 단어가 목에 탁 걸렸다. 나는 천식 환자처럼 계속 캑캑거리다가 겨우 이름만 말했다.

"난 리사야. 리사 밀러."

"알고 있었어. 너도 한국에서 온 입양아라는 것도."

"……."

뭐야, 상대방 모르게 뒷조사나 하고. 게다가 처음부터 그렇게 까발릴 건 없잖아. 나는 지나치게 솔직한 아이비의 태도가 거슬렸다. 한국 태생의 입양아라는 동류의식으로 둘을 엮으려 하는 것도. 하지만 그런 거부감은 또렷이 나를 바라보는 눈빛에 슬금슬금 누그러들고 있었다. 도무지 밀쳐낼 수 없는 눈빛이었다.

"역사 숙제하러 도서관 가는데 같이 가지 않을래?"

아이비의 제안에 나는 "어" 하고 세 번이나 고개를 끄덕였다.

이렇게 시작한 아이비와의 친구 관계는 4년간 이어졌다. 아이비는 머리가 좋은 편인 데다 노력파이기도 해서 올 A의 우등생 자리를 놓치지 않았다. 나도 학교 성적은 상위권에 속했는데 아이비와 같이 다니면서 덩달아 수위를 차지했다. 닥치는 대로 책을 읽고 공부에 매달리는 아이비에게 공붓벌레라고 놀리면 이렇게 말했다.

"나 자신을 극복할 수 있는 길은 그거밖에 없어."

아이비는 성장기 내내 받아야 했던 놀림보다 더 고통스러웠던 건 한 가지 질문이었다고 했다. '나는 누구인가.' 껍데기는 한국인, 알맹이는 미국인. 그것까지는 인정하게 되었는데, 어쩌면 그 반대일지도 모른다며 혼란스러워했다. 나는 아이비에게 분명히 말했다.

"난 내가 미국인이란 사실을 한 번도 의심한 적이 없어."

자신 있게 한 말이었지만 그렇게 말할 수 있는 근거는 하나였다. 아빠가 그렇다고 일러주었으니까. 아이비는 한참 동안 생각에 잠겼다가 자신의 꿈에 대해 얘기했다.

"난 작가가 될 거야. 영어를 모국어로 사용하는 이방인들의 삶을 소설로 그려내고 싶어. 그게 바로 나를 이해해 나가는 과정이 될 거야."

아이비가 그런 얘기를 할 때 나는 벙어리처럼 입을 다물고 있었다. 한 차원 낮은 곳에서 그 애를 올려다보는 심정은 복잡하기만 했다. 내 꿈은 그때까지도 '아빠와 함께 있는 것' 그 이상인 적이 없었다. 나는 나와 많이 다른 아이비가 낯설었고, 바로 그 이유 때문에 그 애를 가까이하고 싶기도 했다. 자존심 강한 한국계 입양 소녀와 나는 그렇게 조금씩 울타리를 낮춰 갔다.

아이비는 한국에 대해 많은 것을 알고 있었다. 방학 때마다 꾸준히 한국의 역사와 문화, 한국어를 공부해 온 덕분이었다. 나라가 남과 북으로 나뉘어 있으며 남한에는 미군이 주둔하고 있다는 정도밖에 모르던 나에 비하면 천 배나 많은 지식이 머릿속에 저장돼 있는 것 같았다. 아이비는 그 지식을 억지로 나에게 심어주려고 하지는 않았지만 종종 나의 정체성을 일깨워 주려고 했다.

"나도 너도 미국에 입양되었던 게 미래를 위해선 훨씬 나은 일이었을 거야. 입양아들은 100퍼센트 경제적으로나 사회적으로 최악의 조건 속에 태어났을 테니까. 그곳에서 행복한 삶을 살 확률은 제로에 가까웠다는 얘기지. 네가 미국인이라는 의식을 갖고 있는 건 정말 다행이야. 하지만 네 몸속에 흐르는 피가 한국인의 피라는 사실은 달라지지 않아. 그러니까 한국을 모른다는 건 진정한 너를 모른다는 말과 같아."

설교처럼 들렸던 아이비의 말에 나는 별로 감동을 받지는 않았다. 대신 여름방학마다 한인 교회에서 여는 한국어 서머스쿨에 참여해 친구에게 작은 기쁨을 선사했다. 아빠는 내가 한국어 서머스쿨에 다니는 걸 마지못해 허락했다. 방학 내내 그로서리에 죽치고 있느니 그편이 낫다고 판단한 것이다. 여름방학 때마다 한글을 배우면서 나는 부쩍부쩍 한국말이 늘었다. 아이비가 열성적으로 도움을 주기도 했지만, 한글은 꽤나 과학적이어서 원리를 알고 나니 그다음은 술술 습득이 되었다. 한국어 서머스쿨에서는 불고기, 잡채, 김치 같은 한국의 전통 음식도 먹어 볼 수 있어 재미없게 다니진 않았다.

우리를 한인 교회까지 데려다주곤 했던 아이비의 양부모는 아주 특별해 보이는 사람들이었다. 뉴욕에서 작은 악기 상점을 운영하는 그들은 아이비와 아이비보다 두 살 어린 친아들 말고도 에티오피아에서 온 열 살짜리 남자 쌍둥이 입양아들을 키우고 있었다. 그들이 입양 자녀들을 위해 하는 일은 철저히 아이들에게 맞춰져 있었다. 특히 생후 3개월에 입양한 아이비에게는 한국을 알게 하는 데 많은 노력을 기울였다. 입양아 부모 모임에 가입해 매년 한국 문화 알기 프로그램에 아이비와 함께 참여하기도 했다. 마이클이 나를 철저히 미국인으로 키우려 했다면, 아이비의 양부모는 아이비가 한국 태생임을 잊지 않도록 교육했다. 물론 나는 아빠가 옳다고 철석같이 믿었다. 난 아빠의 딸이었으니까.

나는 오히려 아이비가 심각한 문제아라고 생각했다. 그 애는 공부라도 잘하지 못하면 아이들에게 웃음거리가 된다고 굳게 믿는 것 같았다. 알맹이니 껍데기니 하면서 혼란을 겪는 것도 그런 강박증 때문이었다. 아이들과 어울리지 못하고 자신을 온통 올 A의 성적과 책으로만 감싸고 다니는 게 그 증거였다.

"넌 왜 나한테 그러는 것처럼 다른 아이들 앞에선 네 생각을 표현하지 못해? 스스로 당당하지 못하면 적의 먹잇감이 되기 쉬운 법이야. 못된 애들일수록 자기보다 약해 보이는 애들을 납작하게 누르려 한다고."

내가 이렇게 찌르면 아이비는 얼굴이 새빨개져 입을 꽉 다물었다.

아이비와 어느 정도 친한 사이가 되자 골치 아픈 문제가 생겼다. 아이비가 우리 사이를 너무 밀착된 관계로 끌고 가려 했던 것이다.

"네가 내 친구여서 얼마나 좋은지 몰라. 사랑해, 리사."

아이비의 말은 사춘기 소녀들의 별스러운 친밀감을 넘어 동성애적인 느낌마저 들었다. 작별 인사를 하며 내 귀를 만질 때는 깜짝깜짝 놀라곤 했다. 아이비가 그렇게 한 날은 헤어지자마자 옷소매로 귀를 문질렀다.

나는 아이비와 일정한 거리를 유지하려고 했다. 이제 겨우 학교에서 외톨이 신세를 면했는데 둘만 붙어 다니고 싶진 않았다. 둘이 같은 반이 아니라 다행이었다. 하지만 정말 답이 없을 때는 아이비가 가브리엘을 질투할 때였다.

일요일이면 가브리엘과 아이비가 어김없이 그로서리에 왔는데, 둘 다 긴 시간 머물렀기 때문에 셋이 같이 있는 경우가 많았다. 하키를 하고 온 가브리엘과 그로서리 앞 파라솔에서 음료수를 마시고 있을 때쯤 아이비가 횡단보도 건너에 모습을 나타내는 식이었다. 처음엔 셋 다 신이 났었다. 파라솔에 앉아 공통의 관심사를 가지고 토론을 하다 배가 고프면 아빠를 졸라 햄버거나 핫도그를 갖다 먹었다. 자전거를 타고 공원에 가거나 그로서리 창고에서 음악을 듣기도 했다. 한동안은 셋이 함께 요양원에서 자원봉사도 했다. 할머니, 할아버지들의 여가 활동을 돕거나 휠체어를 밀어주는 일이었다.

그런데 갈수록 틈이 생기기 시작했다. 언제부턴가 아이비는 가브리엘과 내가 너무 죽이 잘 맞아 소외당하는 기분이라며 새침해하곤 했다. 어이없는 말이었지만 그 애는 정말로 그렇게 생각했다. 어쩌면 가브리엘과 내가 그렇게 느끼도록 만들었을지도 모른다. 하지만 서로가 남매처럼 속속들이 잘 아는데 죽이 잘 맞을 수밖에. 그리고 가브리엘은 누구보다도 특별한 정서와 섬세함으로 나를 감싸 준 사람이었다.

나중에 아이비는 전혀 그 애답지 않은 말까지 했다.

"너에겐 누가 첫 번째니? 가브리엘이야 아니면 나야?"

나는 아이비를 한참 쳐다보다가 진심을 얘기했다.

"가비는 내가 가장 어려울 때 나를 도왔던 동네 오빠고, 가장 오랜 친구야. 하지만 너도 좋은 친구라고 생각해. 가비를 나쁘게 보지만 않는다면."

나는 일부러 가브리엘의 애칭을 사용했다.

아이비에게 내 말은 잘 먹혀들었다. 그 이후로 아이비가 괜한 심술을 부리는 일은 없었으니까. 하지만 활기가 없어진 그 애는 일요일에 그로서리에 오지 않거나, 온다고 해도 조용히 있다가 돌아가곤 했다. 나를 처음 알았을 때처럼 눈빛이 반짝거리지도 않았다. 별다른 사건 없이 삼각형을 그리고 있지만 어딘가 기우뚱 불안해 보이는 관계. 아이비와 나와 가브리엘의 그런 관계는 아이비가 11학년이 되기 전 뉴욕으로 이사를 갈 때까지 이어졌다.

*

네일숍에 다니며 동네에도 단골이 많이 생긴 데이나는 여러 여자들과 어울렸다. 자기 손톱과 발톱에 관심이 많은 그 여자들은 하나같이 질이 좋지 않았다. 편견으로 똘똘 뭉친 무서운 주부들이라고 할까. 휴전 상태로 그럭저럭 큰 문제 없이 지내던 데이나와 다시 으르렁거리게 된 것도 그 여자들 때문이었다.

학교에서 돌아와 거실을 지나 주방으로 가서 먹을 것을 찾고 있을 때였다. 거실에서 여자들이 쑥덕거리는 소리가 들려왔다.

"리사는 학교 갔다 와서 인사도 안 해?"

쯧쯧 혀를 차는 소리도 들렸다.

"이젠 신경 안 쓰기로 했어."

데이나는 심드렁하게 대꾸했다.

"데이나도 대단해. 리사처럼 유난스러운 여자애를 자기 딸처럼 데리고 살다니."

미친 여자들이었다. 내가 들을 수도 있는데 그런 말은 조용히 지껄여야 하는 거 아냐?

"동양 아이들은 좀 별난 것 같아. 고집 세고 잘 씻지도 않고."

"리사가 좀 특이하긴 하지."

데이나는 그렇게 말하고 피식 웃었다.

나는 냉장고에서 콜라를 꺼내 2층으로 올라왔다. 내가 그 옆을 지나갈 땐 잠깐 수다가 잦아들었지만 그 여자들은 멈추지 않았다.

"미네소타에는 한국인 입양아가 2만 명이나 된다면서?"

"어머나, 아이들을 그렇게 대책 없이 낳고 버릴 수 있다니 끔찍해."

나는 방으로 들어가지 않고 콜라를 마시면서 여자들의 얘길 들었다.

"그 애들을 받아 주는 미국이 위대하지. 그런 인류애를 갖지 못한 나는 빼놓고라도 말야."

호들갑스러운 웃음소리가 뒤엉켰다. 나는 일 층으로 뛰어내려갔다.

"난 미국인은 인디언의 땅을 빼앗고 그들을 잡아 죽이고 오지로 쫓아버린 사악한 야만인으로 알고 있는데요."

가브리엘에게 들었던 얘기를 나는 조금 과장해서 말했다. 얼굴이 울긋불긋해진 여자들은 파랗게 질려 데이나만 바라보았다. 보기 좋게 펀치를 날린 나는 주방에서 오렌지를 하나 집어 들고나와 거실을 한 바퀴 돌기까지 했다. 속으론 미국인을 사악한 야만인이라고 말한 걸 찜찜해 하면서.

여자들이 돌아간 후 데이나와 나는 격렬하게 싸웠다. 데이나는 나에게 버릇없는 계집애라고 소리 지르며 손에 잡히는 대로 물건을 내던졌다.

“그 여자들은 내 고객들이야. 조금 참으면 되는데 그렇게 앙심을 품고 막돼먹은 말을 해? 넌 날 궁지에 몰아넣으려고 태어난 게 분명해. 정말 너 때문에 돌아 버리겠다고!”

나는 끄떡도 하지 않았다.

“손님 몇 명 떨어져 나가는 게 그렇게 큰일이야? 집에 있는 걸 뻔히 알면서 내 귀에 총질을 해대는 여자들보단 그래도 내가 나았어.”

“내가 네 진짜 엄마라도 그랬겠니?”

데이나는 결정타를 날려 놓고 씩씩거렸지만 마무리는 내가 했다.

“당신이 손톱이나 다듬는 여자들보다 날 조금이라도 아낀다면 내가 그러지 않았겠지.”

이런 일이 있을 때 더 지치는 쪽은 데이나였다. 여자들의 말처럼 고집 센 입양아를 데리고 살면서 데이나는 미친 망아지를 키우는 것처럼 힘들어했다. 그리고 힘든 만큼 나를 미워했다. ‘사랑하는 사람이 원한다면' 하는 마음으로 입양에 동의했을 때는 겨우 스물세 살, 그때는 어리고 순진한 아내였을지도 모른다. 그런데 먼 나라의 아이를 입양해 키우면서 인정머리 없고 신경질적인 여자가 되어 버린 것이다. 데이나는 나 때문에 자기 인생이 망가졌다고 믿었다. 아이가 생기지 않으면 둘이서만 잘 사는 게 옳았다며 마이클을 원망한 적도 있었다. 마이클만 아니라면 당장이라도 파양했을 거라며 막말을 하기도 했다. 실제로 양부모에게 학대받던 입양아가 파양을 당하고 비참한 처지가 된 사연을 지역 신문에서 본 적도 있었다. 그런 사례에 비하면 난 사정이 나은 편이었을까?

데이나가 마이클과 알게 된 것은 스무 살 때였다. 뉴욕 타임스퀘어에서 50퍼센트 할인 티켓으로 뮤지컬 〈카바레〉를 보다가 옆자리의 마이클에게 먼저 말을 걸었다고 한다. 당시 데이나는 뉴욕의 화려함을 즐기고 싶어 하는 펜실베이니아 시골 출신의 아가씨였다고 아빠 마이클은 말했다. 데이나는 대도시에서의 고단한 삶을 뼛속 깊이 깨닫던 중 낙천적이고 푸근한 성격의 마이클을 만났고 결혼까지 했다. 그리고 2년 후, 마이클의 뜻에 따라 한국 아이인 나를 입양했다.

처음 몇 년은 마이클과 함께 사랑으로 날 키우려 했을지 모른다. 하지만 양아빠에게 병적으로 집착하고, 노새처럼 고집이 세며, 집 안을 정신없이 어질러 놓고, 나중엔 여덟 살이나 어린 동생에게 심술을 부리는 아이를 예뻐할 수는 없었을 것이다. 아니, 아시

아의 작은 나라에서 데려온 문제아를 하루에도 몇 번씩 돌려보내고 싶었겠지. 서로가 서로에게 스트레스였던 데이나와 내가 수시로 전쟁을 벌인 건 당연한 일이었다.

나는 데이나와 싸우고 나면 가브리엘을 찾아가 열을 올렸다. 대개는 내가 한참 나의 적 데이나를 몰아붙이고 난 뒤 가브리엘의 설교가 이어지는 식이었다. 가브리엘은 무조건 나를 두둔하진 않았다. 데이나의 단골 여자들에게 가졌던 분노에 대해서도 그는 냉정하게 말했다.

"그 아줌마들의 편견은 꼴불견이었지만, 그런 식으로 분노를 나타낸 너도 별로였어."

잘난 가브리엘, 그럴 줄 알았어. 나는 그런 문제를 놓고 가브리엘과 긴 입씨름을 벌이는 일이 많았다. 그래도 그와 얘기를 나누다 보면 단단히 뭉쳤던 가슴이 풀리고 속이 시원해졌다. 입씨름 끝에는 언제나 "걱정 마. 네 수호천사가 여기 있잖아"라는 농담을 들을 수 있었으니까. 그 농담에 담긴 진심 때문에 나는 무슨 일만 있으면 가브리엘을 찾아갔다. 가브리엘이 없었다면 난 어떻게 되었을까.

어느 날 아이비가 그로서리로 나를 찾아왔다. 두 뺨이 붉게 상기된 그 애는 나에게 보여 줄 게 있다고 했다. 태블릿 컴퓨터로 찾아낸 것은 〈LA 타임스〉의 2년 전 기사였다. 해외 입양에 관한 기사를 검색하다가 발견했다고 아이비는 말했다. 기사는 두 면으로 나뉘어 크게 실려 있었다. 첫 번째 기사의 제목은 '버려진 아기들을 돌보는 남한의 목사'였다. 기사의 첫 문장을 읽었다.

"베이비 박스는 허름한 동네의 어느 집 한쪽 귀퉁이에 설치되어 있다."

'베이비 박스'라는 말이 내 눈 속으로 빨려 들어왔다. 기사를 계속해 읽었다.

"베이비 박스에는 담요와 벨이 설치되어 박스의 문이 열리면 벨이 울린다. 이 박스는 버려지는 책들이 아니라 버려지는 아기들을 위한 것이다. 이들은 부모들이 원치 않아 버림을 받은 아기들이다……. 공동체의 벽은 그곳에 버려진 아기들의 사진으로 덮여 있다. 베이비 박스에 넣어진 시간이 이름이 된 '새벽이'도 그중 하나다. 이 목사가 사진으로 찍은 32명의 아이들 중 세 명은 죽었고, 세 명은 부모에게로 돌아갔으며, 다섯 명은 입양되었다. 그는 이 아이들을 모두 똑같이 사랑하지만, 앞마당 나무 밑에 묻은 한나는 특히 잊을 수 없다고 했다……."

기사를 읽는 동안 내 눈에서 눈물이 줄줄 흘러내렸다. 아이비도 같이 울었다. 베이비 박스를 만들어 버려진 아기들을 돌보는 공동체의 이야기를 끝까지 읽기도 전에, 기사의 첫 단락을 읽는 순간 이미 나는 베이비 박스에 들어가 있었다. 베이비 박스. 무시무시한 비밀을 담은 두 단어가 나에게 말하고 있었다. 네 고향은 바로 거기였어, 베이비 박스. 내가 위기에 처할 때마다 아빠 마이클이 가르쳐 준 사실이 산산조각 나는 것 같았다. "리사, 세상에 가장 중요한 진실이 하나 있어. 그게 뭔 줄 아니? 너는 틀림없는 미국인이며 내 딸이라는 거야." 아니, 나는 이미 알고 있었을 것이다. 내가 하늘에서 뚝 떨어져 마이클의 팔에 안긴 아이가 아니라는 사실을.

기사는 베이비 박스의 부정적인 측면도 소개하고 있었다. 베이비 박스가 책임감 없이 아기들을 버리도록 만든다는 얘기였다. 정식 절차를 밟지 않은 채 아기들을 받는 건 잘못이며, 아기들이 친부모를 알 권리를 박탈당해선 안 된다는 주장도 있었다.

아이비는 한국 정부가 미혼모를 방치해 베이비 박스 같은 게 만들어졌다며 흥분했다. 결국 나라 책임이 그다는 말이었다. 나는 무엇이 옳은지 따질 만한 정신이 없었다. 갓 태어난 내가 담요에 싸여 베이비 박스에 들어가는 상상을 하며 몸서리를 쳤을 뿐이다. 내가 베이비 박스가 아니라 어느 집 문 앞이나 고아원 앞에 버려졌을지도 모르지만, 그곳은 또 다른 베이비 박스였을 것이다.

베이비 박스. 가브리엘에게 달려가는 동안 그 말이 나를 따라왔다. 내 얘길 듣고 〈LA 타임스〉 기사를 찾아본 가브리엘은 이렇게 말했다.

"그래, 리사. 넌 태어나자마자 베이비 박스에 넣어졌을지도 몰라. 하지만 마이클같이 좋은 아빠를 만났으니 그래도 넌 행운이 따라 준 셈이지. 난 큰일이라도 난 줄 알았네."

가브리엘은 노란 솜털이 반짝이는 손으로 내 뺨을 적신 눈물을 닦아 주었다. 하지만 그는 신문 기사에 관심을 보이며 두 번이나

꼼꼼히 읽었다. 베이비 박스를 철거하라고 요구하는 한국 정부를 비난하기도 했다.

"어이없네. 베이비 박스가 아기를 버리도록 부추긴다면 미혼모들에게 살길을 마련해 주든가. 양육비를 지원하면 베이비 박스는 두 번 열릴 거 한 번만 열릴 수도 있어."

아이비가 했던 말과 비슷한 얘기였다. 하지만 나는 그런 것까지 생각할 여유도 능력도 없었다. 베이비 박스가 내 마음속에 슬픈 기원으로 자리 잡고 있었을 뿐.

가브리엘은 신문에 실린 베이비 박스 사진을 들여다보며 중얼거렸다.

"이런 건 필요치 않아야 하는데 참……."

나에게는 호들갑을 떤다는 듯 말했지만 그 기사에 충격을 받은 게 틀림없었다.

가브리엘이 세상을 따뜻한 시선으로 바라보는 데는 부모의 영향이 컸을 것이다. 가브리엘의 아빠는 뉴저지 지역 신문의 편집자로 소외된 사람들을 위한 글을 자주 써 왔고, 그의 새엄마는 전과자들의 사회 적응을 돕는 봉사활동을 20년 가까이 해오고 있었다. 몇 번 식사 초대를 받아 갔을 때 느꼈던 집안 분위기는 밝고 온화했다. 가브리엘이 여섯 살 때 이혼한 친엄마는 가난한 작곡가와 재혼했으며, 전 남편인 가브리엘의 아빠와도 나쁘지 않은 관계를 유지하고 있다고 했다. 가브리엘은 친엄마를 자주 만나지는 않았지만 '아빠와 성격이 맞지 않았을 뿐 좋은 엄마'로 기억하고 있었다. 나는 심플하고 멋진 사람들이며 검소하고 따스한 마음을 가진 그의 가족이 멋져 보였다.

*

가브리엘에게 그랬던 것과는 달리, 나는 입양아로서 겪는 고통을 아이비에게 털어놓거나 위로가 돼 주길 바란 적은 없었다. 아이비에겐 나의 당당한 모습을 보여 주고 싶었지 동요하는 모습을 보여 주고 싶진 않았다. 아이비는 몰랐을 것이다. 내가 미국인이란 사실을 한 번도 의심한 적이 없다고 하면서도 그것을 진실이라고 믿기 위해 얼마나 전전긍긍했는지를. 나는 아이비 앞에서 가장 미국인답게 굴었고, 아이비의 혼돈을 나무라면서 내가 미국인임을 스스로 확인하려 했다. 지나치게 가까워지려는 아이비를 피하고 싶으면서도 그 애가 필요했던 이유는 바로 그 때문이었는지도 모른다. 따라서 나는 내가 흔들리고 있는 동안에는 절대로 아이비를 만나고 싶지 않았다.

하지만 가브리엘은 달랐다. 그는 내 험난했던 성장사를 꿰뚫고 있는 동네 오빠였고, 어떤 위험으로부터도 나를 보호해 준 친구였다. 가브리엘은 내 숨소리만 듣고도 내가 어떤 상태에 있는지를 알았다. 이런 식이었다. "또 무슨 일이 있었구나? 눈을 감고 일부터 천까지 세고 있어. 그런 다음 창문을 열면 너희 집 마당에 내가 서 있을 거야." 그러고 나서 자전거를 타고 와 나를 뒤에 매달고는 자기 집으로 운반했다.

가브리엘의 방은 창고를 개조한 것으로, 뭘 만들길 좋아하는 그는 두 달에 걸쳐 그 방을 완성했다. 11학년이 되면서였다. 그는 쓸모없이 방치된 창고를 개성 만점의 자기 방으로 바꿔 놓았다. 주자재로 쓴 나무 값은 주유소에서 일해 번 돈으로 해결했다. 책상과 침대가 있는 곳을 빼곤 벽에다 두 단의 나무 선반을 만들어 책이며 아끼는 물건들을 정리해 올리고, 빈 벽면은 세계의 건축 사진으로 가득 채워 자신의 관심사를 나타냈다.

사진들 중에는 주립 도서관에서 찾아낸 한국의 건축 사진 복사본도 있었다. 자연의 돌을 흙 반죽으로 쌓아 올린 담과 이국적인 기와지붕, 나무를 많이 이용한 집 내부가 우아하고 인상적이었다. 나는 한국의 집들을 의식적으로 못 본 척했는데 어느새 눈길이 그쪽으로 돌아가곤 했다.

가브리엘은 자신이 꾸민 창고 방에서 나에게 세계 각국의 집과 건축물에 대해 말해 주는 걸 좋아했다. 그는 페루의 티티카카 호수에 떠 있는 갈대 마을이나 중국 남동부 복건성에 자연적으로 형성된 원형 집합 주택, 이집트의 오벨리스크*나 여인의 부풀어 오

* 고대 이집트에서 태양 숭배의 상징으로 세운 기념비. 사각의 거대한 돌기둥으로, 위로 올라갈수록 가늘어지며 꼭대기는 피라미드 모양으로 되어 있다.

른 젖가슴을 상징하는 모스크*의 돔 등 재미난 이야기들을 많이 알고 있었다.

가브리엘이 나를 좋아한다는 사실은 9학년 크리스마스이브에 알았다. 그의 창고 방으로 놀러 갔을 때 가브리엘은 크리스마스 선물로 손거울과 빗을 주었다. 손잡이에 드라이플라워 공예를 한 예쁜 빗이었는데, 내 머리카락을 빗어 내리면서 그는 감탄하듯 말했다.

"아름다워."

부드럽지도 않고 새카맣기만 한 머리카락이 아름답다니. 이해가 되지 않았지만 가브리엘의 말엔 진심이 가득했다. 머릿결이 좋은 금발에 흰 피부를 가진 여자애들을 놔두고 나에게 매력을 느끼는 게 우습기도 했다. 취향 참 특이하단 말이야.

그 날 나는 첫 키스를 받았다. 정성스레 빗질을 하고 난 뒤 가브리엘은 고개 숙여 내 이마에 입맞춤을 했다. 이런 일은 한 번도 상상해 보지 않았기에 나는 나무토막처럼 의자에 앉아 있었다. 그는 고개를 더 숙여 내 입술에 키스했다. 나는 그를 밀쳐냈다.

"가비, 난 키스하고 싶지 않아."

가브리엘은 맥 빠진 표정을 하고는 말했다.

"네 마음을 사로잡는 사람이 오직 네 아빠뿐이라니, 비정상이야."

---

* 이슬람교도들이 집단으로 모여 예배를 드리는 곳.

화가 난 게 분명했다. 하지만 대놓고 남의 약점을 건드려? 나도 가만있을 수 없었다.

"내가 그러든 말든 왜 간섭인데? 내가 키스를 받아주지 않아서?"

"그만두자. 그게 아니라는 건 네가 더 잘 알잖아."

할 말이 없었다. 가브리엘 앞에서 발가벗고 있는 듯 창피하고 또 창피했다. 이럴 때 내가 할 수 있는 행동이란 한 가지뿐이었다. 나는 어린애처럼 골을 내며 그의 창고 방을 나갔다.

일주일 내내 가브리엘과 연락하지 않았다. 예전 같으면 아빠에게 시시콜콜 일러바쳤겠지만 그러지도 않았다. 여전히 철딱서니 없는 애였지만 아빠에게 숨겨야 할 일이 생기기 시작한 거였다. 가브리엘과의 키스 사건은 무언가 큰 결단을 내려야 한다는 책임감을 느끼게 했다. 아빠로부터 마음의 독립을 해야 한다. 나는 이 엄청난 과제와 맞닥뜨려 있었고, 그 어느 때보다 심각했다.

12월 31일. 아이비가 백화점에 60퍼센트 바겐세일 운동화를 사러 가자고 전화를 걸어 왔다. 나는 몸이 안 좋다며 거절했다. 아랫배가 살살 아프긴 했지만 외출을 하지 못할 정도는 아니었다. 그날 나는 잘 입지 않던 원피스에 데이나의 아이보리색 코트를 훔쳐 입고 가브리엘의 창고 방으로 찾아갔다. 그리고 그에게 짧게 키스했다.

"나 어른이 되고 싶어."

가브리엘은 마음에 없이 그러지는 말라고 했다. 나는 진심이라며 그의 손을 잡았다. 비정상적으로 긴 유아기를 끝내고 싶었고, 그걸 도와줄 사람은 가브리엘밖에 없었으니까. 눈물을 뚝뚝 흘리는 나를 가브리엘은 말없이 바라보기만 했다.

그 날 나는 너무도 늦은 첫 생리를 했다. 팬티에 묻은 선명한 얼룩은 거부할 수 없는 경고 같았다. 넌 이제 어린애가 아니야. 나는 더 이상 그로서리에 나가지 않았다. 아빠로부터 벗어나지 못한 데 대해 스스로에게 내린 벌이었다. 가브리엘은 예전과 똑같은 태도로 나를 대했다. 나의 남자친구가 아니라 나의 보호자인 것처럼.

*

가브리엘은 하이스쿨을 졸업하고 콜로라도의 주립대학에 입학해 건축학을 공부할 예정이었다. 로키산맥에 둘러싸인 그곳에서 완전한 독립생활을 시작할 참이었다. 그는 청소년기를 끝내고 있었고, 새로이 펼쳐질 시간에 대한 기대로 들떠 있는 것 같았다. 그의 창고 방에는 여러 대학교에서 보낸 입학 안내 책자가 쌓여 있었다.

나는 불안했다. 가브리엘이 곧 뉴저지를 떠난다고 생각하니 컴컴한 어둠 속에 남겨진 기분이었다. 2년 후엔 나도 집을 떠나 어디론가 가야 하겠지? 상상만 해도 겁이 났다. 아빠 곁을 떠나다니. 뉴욕 정도면 괜찮을까? 그림 그리는 걸 좋아했기에 뉴욕에 있는 디자인 스쿨에서 애니메이션을 공부하고 싶기도 했지만 결국 '아니다'로 결론을 내렸다. 뉴욕이라면 뉴저지에서는 옆집과 다름없지만, 대학교에 들어간다는 것은 나에게 집을 떠난다는 뜻이었으니까. 나는 아빠를 떠날 수 없었다.

나는 점점 거칠어지기 시작했다. 이유 없이 동생을 구박하고 데이나와도 사사건건 부딪쳤다. 결정적으로 데이나와 원수가 된 건 10학년을 마쳐 갈 때였다. 데이나는 청소년 재활센터에서 하는 캠프에 나를 보내려고 했다. 캠프에서는 공격적 성격을 온화하게 만들어 주며 책임과 절제에 대해 가르친다고 했다. 나는 한 번 의논도 없이 신청서와 돈을 보낸 데이나가 증오스러웠다. 아무리 꼴보기 싫어도 그렇지, 자기가 뭔데 날 강제로 문제아 캠프에 보내? 캠프가 시작되기 직전까지 나는 데이나와 필사적으로 싸웠고, 결국 캠프 참가는 취소되었다.

그 이후로 캠프 얘기는 더 이상 하지 않았지만 데이나와 나는 수도 없이 다투었다. 용돈을 타는 데도 한 시간 이상 걸려야 데이나의 지갑이 열렸다. 거실 청소와 설거지를 하면 주겠다, 용돈을 주지 않으면 하지 않겠다, 하는 식의 조잡한 싸움은 계속됐다. 둘 사이에서 마이클은 매일 진땀을 빼야 했다. 나는 데이나와 마이클이 알아채도록 열 번쯤 담배를 피우고 꽁초를 치우지 않았다. 반항을 한답시고 하는 행동들은 언제나 유치하기 짝이 없었다.

가브리엘의 졸업 파티 날, 그는 자기 아버지의 미니밴에 나를 신고 파티장으로 갔다. 역시 아버지의 검정색 턱시도에 나비넥타이를 맸지만 그는 파티장의 누구보다도 멋져 보였다. 파티 드레스가 없는 나는 데이나의 빨간색 실크 원피스를 몰래 꺼내 입고 가서는 내내 어색한 표정을 짓고 있었다. 파티에 참석한 여자애들 중 나처럼 어리고 촌스러운 아이는 없었다.

파티는 떠들썩했지만 나는 불편하고 따분하기만 했다. 삐딱해진 고집쟁이의 눈에는 졸업 파티가 어설프게 어른 흉내를 내는 시시한 이벤트로만 보였다. 모두들 잊지 못할 추억을 만들려고 아우성을 치는 동안 나는 테이블에 앉아 음료수만 홀짝거렸다. 졸업 후에 이들은 부모 곁을 떠나 어디론가 날아가겠지. 그런 생각이 들 때마다 울적해졌다. 가브리엘은 나를 데리고 다니다 몇 번 춤을 추지 않겠냐고 했지만 억지로 시키지는 않았다. 이따금 나에게 말을 걸어오는 졸업생들도 있었는데 난 그들과 어울리지 못했다.

가브리엘은 한밤에 집까지 나를 바래다주면서 말했다.

"내가 필요할 땐 언제든지 나를 불러."

그렇게 말은 했지만 나와 헤어지는 것을 안타까워하지는 않았다. 대학교의 큰 강당을 빌려 거창하게 치른 졸업식 후 가브리엘은 유럽 배낭여행을 떠났다. 여행을 갔다 온 후에는 곧바로 콜로라도로 가게 되어 있어 이미 뉴저지를 떠난 셈이었다. 가브리엘이 떠나고 나니 소중한 물건을 도둑맞은 것처럼 허전하고 우울했다.

가브리엘이 떠나자 아이비는 다시 나에게 집착하기 시작했다.

달리 할 일이 없었기 때문에 나는 종종 아이비와 영화를 보거나 도서관에 가거나 거리를 쏘다녔다. 공원 연못가에 앉아 야생 오리를 구경할 때도 있었다. 아이비는 내 팔에 기대 내 손가락을 만지작거렸다.

연못 벤치에 앉아 있을 때면 가끔 건달 녀석들이 지나가다 휘파람을 불며 우릴 놀렸다. 그냥 심심해서 허접한 관심을 보이는 거였지만, 기분 나쁜 야유를 보내 나를 폭발하게 만든 놈들도 있었다.

"헤이, 오리엔탈 레즈비언 커플?"

"어느 쪽이 부치*냐? 백팩을 멘 쪽?"

"멍청한 놈, 빤하잖아."

아이비는 못 들은 척했지만 나는 녀석들에게 달려들어 뺨을 때리고 욕을 퍼부었다. 낄낄거리며 피하는 녀석들을 발로 차고 물어뜯다 결국엔 경찰이 출동해 소동을 멈추었다. 내가 참지 못했던 말은 '레즈비언'이 아니라 '오리엔탈'**이었다.

아이비는 11학년 진학을 앞둔 여름방학에 이사를 갔다. 양아빠가 뉴욕의 악기 상점을 확장하면서 아예 집을 옮겼다. 이사하기 전날, 편지를 하겠다는 아이비에게 나는 쌀쌀맞게 대꾸했다.

"일부러 그럴 필요는 없어."

아이비는 한동안 돌처럼 굳어 있었지만 울거나 소리치지는 않

* 레즈비언 중 남성성이 강한 쪽. 여성성이 강한 쪽은 '펨'이라고 한다.

** 흔히 모욕적인 뜻으로 동양인을 말할 때 쓴다.

았다. 그 애가 남긴 마지막 인사는 의미심장했다.

"굿 럭 투 유, 아메리칸 걸(Good luck to you, American girl)."

아이비가 이사한 후 나는 한국어 서머스쿨엔 더 이상 나가지 않았다. 아이비에 대한 미련이 없었던 만큼 한글에 대한 미련도 없었다. 아빠는 슬슬 미래를 고민할 때라며 대학 진학도 염두에 두라고 했다.

"학교 성적도 우수하고 그림에도 소질이 있으니 미술을 전공하면 어떻겠니?"

"예쁘다고 전부 미스 아메리카에 출전하진 않아."

내 대답에 마이클은 뭔가 골똘히 생각하는 것 같았다.

데이나는 내가 하이스쿨을 졸업하고도 집에 남는 데는 반대라고 했다. 나는 엄마 역할도 제대로 하지 않는 주제에 이러니저러니 간섭하는 데이나가 꼴 같지 않았다. 데이나는 미리 못이라도 박듯 말했다.

"그때 가면 싸구려 아파트라도 얻어서 나가. 대학을 가든 안 가든 스스로 생활을 책임져야지. 너나 나나 피차 떨어져 사는 게 편할 테고."

다 참아도 나를 아빠와 떼어 놓으려는 건 참을 수 없었다. 나는 결코 그럴 생각이 없음을 분명히 했다.

"아르바이트를 해서라도 생활비는 보탤 거야."

이럴 때 나를 두둔하던 아빠는 입을 다물고 있었다. 데이나의 악담에는 씩씩하게 맞섰지만 아빠의 침묵에는 눈물이 났다. 날 버리지 말아요, 아빠.

나는 그로서리에서 일하겠다고 했다. 방학 때는 종일로, 학기 중에는 파트타임으로. 아빠의 사업을 돕는 체제를 지금부터 정착시켜야지, 그런 속셈이었다. 며칠을 조르고 조른 끝에 나는 아빠의 대답을 받아 냈다.

"내일부터 그로서리에 나와라."

예스! 아빠는 나를 버리지 않았다. 나는 아빠의 그로서리에서 주급을 받는 점원으로 일하기 시작했다. 아빠에게서 독립해야 한다는 생각은 온데간데없이 사라지고, 나는 다시 그의 그늘에서 쉬고 싶어 하는 어린아이가 되어 있었다.

"이젠 리사도 다 큰 숙녀야. 어른이 될 준비를 해야지."

아빠가 예전에는 하지 않던 잔소리를 이틀에 한 번씩은 했지만, 아빠와 함께 있을 수 있다면 그런 얘기는 백 번이라도 들어줄 수 있었다. 안 되는 일을 억지로 하기보다는 자기 모습을 있는 그대로 받아들이는 것도 잘 살아가는 방법이라고 믿고 싶었다.

데이나와는 꼭 필요한 말이 아니면 대화도 하지 않았지만 되도록 고분고분하려 애썼다. 데이나가 가끔씩 히스테리를 부리며 독한 말을 퍼부어도 꾹 참고 대꾸하지 않았다. 그녀의 입에서 나가 살라는 말이 나오지 않게 하려면 최대한 빌미를 주지 말아야 했다. 새 학기가 시작되고는 약속대로 학교 수업이 끝난 후 파트타임으로 일했다. 아빠는 딸이라고 봐주지 않고 다른 직원들과 똑같이 일을 시켰다. 밤이면 침대에 들어가기가 무섭게 곯아떨어졌지만 하나도 피곤한 줄을 몰랐다.

가브리엘은 가끔씩 소식을 전해왔다. 대학 생활이나 학교 친구들에 관한 얘기가 대부분이었다. 그는 뉴저지를 떠나 꽤 잘 지내고 있는 것 같았다. 추수감사절과 독립기념일에는 뉴저지로 와 며칠씩 머물다 갔고, 나도 이틀은 아빠의 허락을 얻어 그로서리에 나가지 않고 가브리엘과 마음껏 시간을 보냈다. 이대로만 시간이 지속된다면……. 하지만 평화로운 시간 속에는 불안이 잠복돼 있었다.

내가 누구인지 알 수 없음

진의 스웨터를 걸쳐 입고 밖으로 나왔다. 청결한 아침 바람을 쐬고 싶었다. 서울은 완전한 가을이었다. 서늘하게 뺨을 쓸고 가는 바람도, 붉고 노랗게 첫 색깔이 돌기 시작한 가로수도, 아침의 상쾌한 공기 냄새도 서울에 처음 왔을 때와는 많이 달랐다. 하지만 나는 한국의 가을이 조금도 아름다워 보이지 않았다. 나에겐 너무나 잔인한 가을이었으니까.

쇼킹한 사실들이 비엔나소시지처럼 줄줄이 이어졌다. 타로점을 보았을 때 나왔던 메이저 18번 달 카드가 전한 메시지는 정확하고 강력했다. 뜻하지 않은 일들이 생길지 모른다. 전혀 생각지 못한 지뢰들이 연달아 터졌다. 기습적으로 알아낸 주소에 엄마는 살지 않았고, 엄마의 친구들은 나라는 존재조차 알지 못했다. 그리고 며칠 후 최악의 사실을 알게 되었다. 장미라 씨는 나의 엄마가 아니었다! 그 사실을 알려 준 사람이 바로 장미라 씨였다.

인천의 엄마 친구가 수소문해 장미라 씨의 전화번호를 알아냈고, 며칠 후 장미라 씨가 진에게 연락을 해 왔다. 중요한 사실부터 말하면 장미라 씨는 내 엄마가 아니라 엄마의 이모, 할머니의 여동생이었다. 오, 하느님. 엄마의 이름은 이가을이라고 했다. 이 가을에 받아 든 기막힌 이름이었다. 그런데 왜 내 입양 서류엔 엄마의 이모가 내 엄마로 되어 있었을까. 그 이유를 장미라 씨를 만나 들었다.

장미라 씨는 중년의 뚱뚱한 아줌마였다. 샛노란 금목걸이를 한 목이 두껍고 짧았다. 만나자마자 나를 부둥켜안고 울어 당황했지만 나쁜 사람 같지는 않았다. 미안하다는 말을 자주 해 조금 불편하긴 했다. 쓸모없는 사과는 그만두고 어서 진실을 말해 주세요. 웬만하면 놀라지 않을게요. 서울역 근처, 나는 넓은 도로가 내다보이는 카페 구석 자리에서 마음을 가다듬었다. 진이 어김없이 내 언니처럼 옆에 앉아 있었다. 엄마의 이모 장미라 씨는 커피를 한 모금 마시고 울긋불긋한 손수건으로 눈물을 몇 번 더 찍어 낸 다음 이야기를 시작했다.

장미라 씨의 말에 따르면 나는 미혼모의 아이였다. 당시 열여덟 살 학생이었던 엄마가 이웃 청년을 오빠처럼 따르다 뜻하지 않게 임신을 했다. 청년이 육군에 입대하기 며칠 전, 엄마가 원치 않는 상황에서 일어난 일이었다. 임신 사실을 알고 군대로 여러 번 편지를 보냈지만 답장이 없었다. 언젠가 탄로 날 비밀을 품은 채 시간은 속임수를 쓰듯 단숨에 흘러갔고, 어린 엄마는 임신 8개월에 부풀어 오른 배를 엄마의 엄마, 할머니에게 드러내 보였다. 고통은 반으로 나뉘지 않고 두 배가 되었다. 건설직 노동자였던 나의 할아버지가 다른 지방으로 일하러 간 사이 내가 태어났다. 엄마는 내 이름을 '미지'라 짓고 청년의 성을 붙였다. 윤미지. 청년의 가족이 한밤중에 도주를 하듯 이사한 것도 그 즈음이었다. 내 이름에 '윤'이라는 성을 붙인 것은 무책임한 자에 대한 복수였다고 장미라 씨는 말했다.

할머니는 딸의 미래를 고민한 끝에 보육 시설 문 앞에 몰래 나를 갖다 놓았다. 2.4킬로그램의 미숙아였던 나는 아기 담요에 싸여 라면 박스 안에서 새근새근 잠을 자고 있었다. 어두운 죄책감이 온 집안을 감쌌다. 엄마는 매일 밥 대신 눈물을 삼켰다. 학교에도 가지 못했다. 일주일 후 할머니의 동생 장미라 씨가 보육 시설로 찾아가 나를 데려왔다. 담요 속에 넣은 메모의 내용을 정확히 알고 있어 문제되지 않았다. 내 이름과 생일, 아이를 잘 길러 달라는 짧은 부탁이었다. 이혼녀였던 장미라 씨의 당시 나이는 서른세 살, 나를 자기 딸이라고 해도 의심받을 나이가 아니었다.

엄마 이가을이 나를 키우는 건 끝내 고려되지 않았다. 소녀 미혼모에게 세상은 차가울 것이고, 학교에서는 불결한 꽃이 되어 퇴학을 당할 것이며, 소녀의 아버지는 방패가 아니라 철퇴가 되어 딸을 내칠 것이었다. 장미라 씨가 해결사로 나섰다. 어차피 한 번 결혼했었으니 딸 하나 얻은 셈 치겠다며 조카의 딸을 자기 딸로 호적에 올렸다.

하지만 장미라 씨가 나를 보듬은 것은 겨우 일 년. 넉넉지 않은 형편에 경제 활동도 하지 않으면서 아기를 키우려 했던 게 얼마나 순진한 꿈이었는지를 깨달은 시간이기도 했다. 할머니가 주는 돈으로는 분유 값과 기저귀 값도 해결할 수 없었다. 장미라 씨는 내 엄마와 할머니를 설득해 미국 입양을 추진했다. '미국에서는 입양아도 차별 없이 교육시킨다'는 입양 기관의 달콤한 장담이 용기를 주었다. 그것은 그들이 붙잡을 수 있는 단 하나의 희망이었고 어쩔 수 없는 선택이었다.

나는 내 비극적인 탄생과 입양의 비밀을 숨소리도 내지 않고 들었다. 아무것도 모른 채 라면 박스에 담겨 잠이 든 나를 상상하면서. 나의 베이비 박스에서는 고소한 생라면 냄새가 났을까. 나를 보내고 엄마 이가을이 얼마나 슬퍼했는지를 장미라 씨는 몇 번이나 힘주어 말했다. 조카를 위한 변명처럼 느껴졌다. 엄마를 이해하는 나와 이해하지 못하는 나가 반반으로 나뉘어 등을 맞댔다. 엄마가 나를 임신했을 때는 한국 나이로 열여덟, 지금의 나와 똑같은 나이였다. 보수적인 한국 사회에서 열여덟 살 소녀는 아무런 결정권도 없고, 어려움을 극복할 지혜도 능력도 없었을 것이다. 하지만 지혜와 능력 대신 굳센 의지는 가져 볼 수 있지 않았을까? 그랬다면 난 어떻게든 죽지 않고 살았을 것이다.

"엄마는 왜 오지 않았습니까?"

나는 공손하게 물었다. 잘 배운 아이처럼 말하고 싶었다.

"네가 한국에 왔단 얘기 듣고 정신이 나갔다. 허깨비처럼 앉아 말도 잘 못 해."

장미라 씨는 벌을 받는 사람처럼 고개를 숙였다. 고개를 드세요. 당신은 나에게 할 만큼 했습니다. 하지만 혀가 굳은 듯 내 입에선 한 마디도 나오지 않았다.

엄마 이가을은 남편, 아이 둘과 함께 경산이라는 작은 도시에 살고 있다고 했다. 지금은 한국 나이로 서른여섯일 것이다. 혹시 나를 까맣게 잊고 살진 않았을까? 어쩌면 나를 만나고 싶어 하지 않을지도 몰랐다. 그녀의 인생 그림에 내가 끼어들 자리가 없을 수도 있으니까.

장미라 씨는 꼭 다시 연락하겠다며 대전으로 돌아갔다. 처음 만났을 때처럼 나를 끌어안고 울먹이다 기차역으로 가면서 여러 번 뒤를 돌아보았다. 우아한 기품은 느껴지지 않지만 따뜻한 심성을 가진 사람 같았다. 장미라 씨가 나를 계속 키웠다면 나는 그분을 엄마라고 부르며 살았겠지? 눈앞이 하얘지면서 창밖 거리가 빙빙 돌았다.

그 날 이후로 장미라 씨에게서는 아무 소식이 없었다. 혹시 벨 소리를 듣지 못할까 봐 나는 셀폰을 잠시도 몸에서 떨어뜨리지 않았다. 먼저 전화를 걸고 싶기도 했다. 할 말은 떠오르지 않았지만, 이대로 끝난다고 생각하면 까마득한 낭떠러지 끝에 서 있는 것처럼 아찔했다. 엄마는 왜 엄마의 고통 속에만 빠져 있는지 알 수 없었다. 최소한의 예의가 있다면 한 번이라도 날 만나 줘야 하는 거 아냐? 당신 딸이 당신을 만나러 여기 왔다고요! 나는 어디에 있는지도 모르는 도시 경산을 향해 달려가고 싶었다. 가서 물어보고 싶었다. 당신에겐 내가 무엇이었나요?

랑이 텐트에서 자는 덕분에 눈물 닦은 티슈를 베개 옆에 마음껏 쌓아 놓을 수 있었다. 사람들 앞에서 꾹고 참았던 눈물을 깊은 밤에 쏟아 냈다. 이 믿기 힘든 이야기를 전했을 때 가브리엘은 말했다.

"너 지금 어떻게 견디고 있니? 내가 태어나서 들은 가장 끔찍한 이야기 베스트 3 안에 들 것 같아."

폰 속의 가브리엘은 정말 끔찍하다는 표정을 지었다. 하지만 공감은 거기까지였다.

"근데 리사, 생각해 봐. 너를 낳았을 때 네 엄마는 어린 소녀였어. 그리고 지금 당장 너라는 존재를 가족에게 공개하고 만나기가 쉬울 것 같아? 성격 급한 거 알아줘야 한다니까. 좀 기다려 봐. 기다려 보다가 끝끝내 널 만나려고 하지 않는다면 그때 네가 엄마를 버려. 그리고 미련 없이 미국으로 돌아와."

깨끗이 정리해 주고 가브리엘은 냉장고에서 콜라를 꺼내 마셨다. 다정한 오빠 같다가도 할 말을 할 때는 냉정해지는 가브리엘.

내 애기가 태어나서 들은 가장 끔찍한 이야기 베스트 3 안에 들 것 같다고? 설마, 베스트 중의 베스트겠지. 방송국에서 내 이야기를 탐낼 정도로.

장미라 씨를 만나고 며칠 지나 방송국 프로듀서가 또 한 번 연락을 해 왔다. 출연 비중을 적게 할 테니 몇 번만이라도 촬영과 인터뷰에 응해 달라고 했다. 나는 게스트하우스 네스트에서 촬영한 부분도 삭제해 달라고 했다. 엄마를 찾았어요. 엄마를 찾았다는 말에 프로듀서는 더 큰 관심을 보였지만 한마디로 거절했다. 나는 누구에게 보여 줄 이야기의 대상이 아닙니다. 그것으로 통화는 끝났다.

아침 산책을 하니 기분이 조금 나아졌다. 독립운동가의 묘지와 기념관이 있고 옛날 스님의 동상이 있는 공원은 진과 함께 와 봤었다. 야생 오리가 헤엄치는 연못도 없고 지루한 공원이었지만 아파트 주변을 걷는 것보다는 나았다. 나는 노인들과 유모차에 아기를 태운 여자들이 드문드문 보이는 공원을 세 바퀴나 돌았다. 한 번은 걸으면서, 두 번은 뛰면서.

배가 고팠다. 집에 들어가면 부스스 잠에서 깬 아줌마가 점심을 어떻게 때울까 고민하고 있겠지? 남자친구가 집에 왔다가 봉변을 당하고 간 후로 아줌마는 명랑한 에너지를 잃었다. 꼬불꼬불 부푼 머리카락에 손가락을 찔러 넣고 깊은 생각에 잠기기도 했다. 랑과는 필요한 대화만 했다. 가족끼리 이렇게 불편한데도 셋 다 내 눈치는 보지 않았다.

아줌마가 좋아하는 치즈김치볶음밥을 해 먹자고 해야지. 랑이나 진이 없는 집에서 아줌마와 둘이 있어도 나는 어색하지 않았다. 아줌마가 진과 랑에게 하는 것처럼 나를 대했기 때문이다. 그리고 랑이 자기 가족의 비밀을 얘기한 후로 나는 아줌마가 더 좋아졌다. 아줌마는 내가 봐도 엄마 역할을 제대로 하는 것 같지는 않았다. 하지만 진과 랑을 바라보는 아줌마의 감정은 투명했다. 거짓도 없고 가식도 없었다. 아줌마는 그냥 철없는 엄마일 뿐이었다. 아니, 자기가 낳지 않은 아이들과 당연한 듯 같이 살고 있는 쿨한 여자였다. 지독하게 날 미워하던 데이나와 16년을 살았던 나는 그걸 알아볼 수 있었다.

랑은 아줌마의 남자친구가 집에 왔던 날 나에게 무슨 말을 했는지 잊은 것처럼 태연했다. 비밀을 털어놓은 게 아니라 잠꼬대를 한 것 같았다. 자존심이 상했나? 동정이나 위로의 말을 해 주지 않은 게 찜찜했지만 할 수 없었다. 인생의 무게를 혼자 감당해야 하는 건 나나 랑이나 마찬가지니까. 아니, 무게로 치자면 내가 랑의 몇 배일 것이다. 그리고 지금은 내 문제만으로도 머리가 폭발할 지경이거든. 공원을 나오며 나는 이렇게 정리했다. 그래, 기다려보자. 엄마가 날 끝내 만나길 거부하면 그땐 내가 엄마를 버리는 거야.

*

슈퍼마켓에서 국수 면과 오이를 샀다. 진이 파스타보다 맛있는 국수 요리를 해 주겠다고 했다. 여자 셋이 사는 이 집은 종종 밤 10시, 11시가 지나 먹을 것을 찾았다. 밤에 음식을 먹는 걸 '야식'이라고 했다. 오늘은 아줌마를 위한 야식이었다. 공연 후 언제나 배우들과 파티를 하고 들어오던 아줌마가 곧바로 집에 들어왔다. 가방과 함께 소파로 몸을 날리더니 TV를 켜고 출연자가 많은 리얼리티 쇼를 보았다. 생각은 TV 화면 너머 어딘가에 가 있는 것 같았다. 요즘은 영어 공부도 하지 않았다. 진이 "야식 먹을까?" 하자 고개만 끄덕였다.

진은 아줌마와 랑이 전쟁을 하든 휴전을 하든 상관하지 않았다. 집에서 어떤 일이 벌어지든 나는 내 일만 한다는 태도였다. 랑이 갑작스레 유학을 가겠다며 현실과 공상을 구분 못 하고 덤비는데도 지독하게 무심했다. 진에게서 가끔 느껴지는 거리감은 그런 점 때문일지도 몰랐다.

슈퍼마켓을 나와 걸음을 멈추었다. 근처 편의점 파라솔에 앉아 있는 랑을 보았다. 둥근 철제 테이블에 인스턴트 도시락과 콜라가 놓여 있었다. 밖에서 혼자 야식을? 플라스틱 포크로 음식을 쿡쿡 찍어 입에 마구 집어넣는 모습이 전투를 하는 것 같았다.

"랑!"

그 자리에서 크게 이름을 불렀다. 바로 앞까지 가서 알은체를 하면 더 놀랄 것 같았다. 랑은 입안 가득 물고 있던 음식을 제대로 씹지도 않고 삼켰다.

"너 여기 왜……."

당황했는지 말을 더듬거렸다.

"심부름. 진이 야식 요리한대. 아줌마하고 먹을 거야."

랑에게 다가가 맞은편에 앉았다.

"엄마 들어왔어?"

붉은 고기볶음을 포크로 뒤적거리며 랑이 물었다.

"응. 맛있어?"

나는 조금도 맛있어 보이지 않는 도시락을 내려다보았다.

"더럽게 맛있어."

배배 꼬인 말.

"먹을래?"

랑은 건성으로 도시락을 가리켰다.

"아니."

정말 먹고 싶지 않은 음식이었다.

"난 이거 다 먹고 갈게. 먼저 들어가."

랑의 말은 고집스럽게 들렸다.

"랑, 아줌마한테 화내지 마. 그리고 네 생각 똑바로 이야기해."

"아는 척하지 마."

랑은 도시락에 포크를 넣고 뚜껑을 덮었다.

"너한테 그런 말 들으려고 내 얘기 해 준 거 아니야."

나에게 항의를 하는 것 같았다. 그럼 뭐니. 성난 코끼리처럼 심술을 부리려고 얘기했니?

"나 미국 돌아가면 끝이야. 랑 가르칠 필요 없어."

나는 지지 않고 대꾸했다.

"넌 내 맘 몰라."

랑은 콜라를 스트로로 마구 뒤섞었다.

말하고 싶었다. 넌 내 마음 알아? 난 투쟁할 대상도 없고 선택할 그 무엇도 없어. 이제 곧 아무것도 아닌 먼지가 되어 미국으로 날아가야 한다고. 네 인생보다 내 인생이 천 배는 더 복잡해.

"나 먼저 갈게."

자리에서 일어서려다 다시 앉았다. 랑이 울고 있었다.

"나한테는, 낳아 준 엄마에 대한 기억보다 지금 엄마랑 함께한 시간이 훨씬 커. 다른 엄마들처럼 부지런하지도 않고, 요리도 못하고, 교육엔 관심도 없지만 난 그런 엄마가 좋아. 자식들 일류 만들겠다며 자기 인생까지 다 바칠 것처럼 구는 극성 엄마들보다 연극을 사랑하는 엄마가 열 배는 멋있어. 하지만 누군가 아빠의 자리를 대신한다면 엄마를 더 이상 좋아할 순 없을 거야."

랑은 줄줄 흐르는 눈물을 손등으로 닦았다. 너, 나처럼 아빠를 많이 사랑했구나. 그리고 아줌마를 많이 좋아하는구나.

나는 랑이 울음을 그칠 때까지 기다렸다.

"랑, 나도 가족 미워서 집 나갔어. 뉴저지에서 콜로라도까지. 아빠 마음 변했다고 생각했어. 그래서 아빠 괴롭히고 싶었어."

랑은 들고 있던 콜라를 내려놓았다.

"얼마 동안 나가 있었어?"

"쓰리 윅스(Three weeks)."

랑의 놀란 눈이 편의점 불빛에 반짝였다. 진짜 놀랄 단계는 다음이야.

"나 집 나가고 아빠 마이클 죽었어. 강도한테 총 맞아 죽었어."

랑은 "어머" 하면서 손으로 입을 막았다. 이 정도면 네 일을 조금 덜 심각하게 여길 수 있겠니?

하지만 후회가 밀려왔다. 내가 마음을 빨리 고쳐먹고 뉴저지로 돌아갔다면……. 아빠의 사망 소식을 듣기 이틀 전, 아빠를 생각하며 뽑았던 타로 카드는 메이저 16번 탑 카드와 13번 죽음 카드였다. 갑작스러운 사고로 인한 죽음. 타로 카드는 나에게 언제나 분명한 메시지를 전했다. 카드를 뽑았던 그 날 바로 뉴저지로 돌아갔다면 아빠는 죽지 않았을지도 모른다.

"집으로 가자. 진하고 아줌마 기다려."

나는 재빨리 그날의 악몽으로부터 빠져나왔다. 가슴이 아프기 시작하면 걷잡을 수 없다. 인스턴트 도시락을 슈퍼마켓 봉지에 넣고 일어섰다. 랑은 별말 없이 나를 따라왔다.

"리사, 웹스터 영어 사전에 있는 단어들 중 가장 긴 단어가 뭔지 알아?"

내 기분을 맞춰 주려는 듯 랑이 물었다. 이 미워할 수 없는 애야, 그런 걸 내가 어떻게 알겠니.

"몰라."

"리사 미국 사람 아니라니까? 잘 들어 봐. 누모노울트라마이크로스코픽실리코볼커노코니오우시스. 마흔다섯 개 스펠로 돼 있는데 외우진 못해."

나는 웃음을 터뜨렸다. 주문을 외듯 중얼거리는 모습이 호그와트의 어린 마법사 같았다.

"다이너소어(dinosaur, 공룡) 이름이야?"

이번엔 랑이 웃음을 터뜨렸다

"아니, 병 이름이야. 렁(lung, 허파)에 생기는 병. 누모노울트라마이크로스코픽실리코볼커노코니오우시스."

랑은 눈을 까뒤집으며 과장되게 발음했다. 나는 허파에 이상이 생긴 애처럼 웃음을 멈출 수 없었다.

"미쳤어? 그만 웃어."

"나 렁에 병 생겼어. 누모노울트라……."

랑도 참지 못하고 다시 웃음을 터뜨렸다. 우린 정말 미친 여자애들처럼 웃으며 밤길을 걸었다. 마이클이 죽은 뒤 마음껏 웃어 보긴 처음이었다. 그래서 조금 슬프기도 했다.

*

평소와는 다른 날이었다. 오후가 되어야 하루를 시작하는 아줌마가 아침 일찍부터 분주했다. 급식 봉사 중이라며 기대하라고 했다. 음식 냄새를 맡은 빼삐용이 부엌을 정신없이 맴돌았다. 아줌마는 랑이 교복을 입을 때쯤 식구들을 불러 모았다. 에이프런까지 두르고 조리대를 어질러 놓은 것에 비해 식탁은 소박했다. 그래도 신선한 재료를 풍부하게 넣은 샌드위치와 샐러드, 신선한 우유가 식욕을 돋웠다.

"훌륭하다. 종종 부탁해."

샐러드를 오물거리며 진이 좋아했다.

"난 새사람은 못 되니 착각하지 마. 잠이 안 와 만들어 본 것뿐이야."

랑이 그럼 그렇지, 하는 듯 픽 웃었다.

"지금 중대 발표를 할 테니 잘 들어. 특히 랑."

아줌마가 우유를 한 모금 마시고 말했다. 셋 다 손을 멈추고 일제히 아줌마에게 집중했다. 결혼 발표? 진과 랑도 이렇게 생각하고 있지 않을까.

"나 영어 선생님이랑 결혼 안 해. 약속할게."

아줌마는 입가에 묻은 우유를 손바닥으로 닦았다.

"왜?"

이렇게 물은 게 랑이라니 우스웠다. 몰라서 묻니?

"니가 죽어도 미국으로 튀겠다는데 별 수 있어?"

아줌마가 분한 듯 대답했다.

"아저씨가 결혼 포기 못 한다고 하면?"

랑이 또 물었다.

"그럼 찢어져야지. 딸년이 미국으로 튈 만큼 싫다는데 어떡해. 웬수 같아도 딸은 딸인데."

랑을 흘겨보고 아줌마는 샌드위치를 한입 물었다.

"니가 포기하면 안 되니?"

진이 처음으로 입을 뗐다. 조금도 간섭할 생각 없다는 식이더니 웬일로. 랑은 말도 꺼내지 말라는 듯 고개를 홱홱 저었다.

"절대."

랑, 아줌마를 진짜 좋아하는구나. 아줌마도 랑을 사랑하고. 가슴이 쿡 쑤실 만큼 부러웠다. 입양 서류가 든 상자를 꺼내 와 집을 나가라고 했던 데이나가 떠올라 목이 메었다.

"이제 유학의 유 자도 꺼내지 마. 그럼 아저씨랑 바로 결혼이야."

아줌마의 경고는 강력하게 들리지 않았다.

"아저씨랑 헤어지는 건 안 되겠지?"

못 말리는 이기주의자, 랑의 말이었다.

"도대체가 양심이 없어."

아줌마가 푸우, 한숨을 쉬었다. 랑은 힛 웃고는 샌드위치를 집어

들었다.

"리사 너도 니 엄마 이해해라."

아줌마의 말에 깜짝 놀라 고개를 들었다.

"니 엄마, 자기 인생 맘대로 할 수 없었어. 결혼이 애 낳는 자격증처럼 돼 있지, 식구들 운명이 몽땅 아버지 손에 쥐어져 있지, 돈이 있는 것도 아니지, 아무것도 할 수 없었을 거라고. 그때 엄마가 열여덟 살이었다며? 그럼 뻔해. 니가 그 입장이었다면 혼자서 애 잘 키웠을 것 같아? 천만에. 사람 사는 거 그렇게 간단한 문제 아니다."

내 일에 조언이나 충고 한번 없던 아줌마가 마음먹고 하는 말 같았다. 그동안 다 지켜보면서 모른 척하고 있었던 거다.

샌드위치 먹는 소리만 들릴 뿐 아무도 끼어들지 않았다.

"리사."

아줌마가 나를 불렀다. 접시에 눈을 박은 채 나는 꼼짝도 하지 않았다. 목구멍으로 넘기지 못한 샐러드가 침과 섞였다.

"니 엄마, 너 만나기 쉽지 않을 거야. 지금은 인생이 남편 손에 맡겨져 있을 거거든."

"1절만 해. 요즘은 노래방에서도 2절은 안 해."

진이 나를 구하려고 나섰다. 난 괜찮은데. 무조건 동정의 담요를 덮어 주는 것보다는 아줌마처럼 날카롭게 지적을 하는 게 나았다. 하지만 아줌마의 충고를 모두 받아들일 수는 없었다. 왜 나에겐 아무런 선택권도 없죠? 난 아무런 잘못도 하지 않았는데. 나는 반론을 펴는 대신 침과 뒤섞인 샐러드를 꿀꺽꿀꺽 삼켰다.

"엄마들이 다 죄인 같지? 어떤 녀석하고 살지 모르지만 니들 결혼해 봐라. 애 낳고 완벽한 엄마 되기에 도전해 보시라고. 그게 되나."

아줌마는 모든 엄마를 대신해 억울함을 표했다. 혈통이 다른, 두 자매의 새엄마가. 오늘은 아줌마가 카리스마 넘치는 이 집의 중심 같았다.

"리사는 사정이 좀 다르잖아."

랑이 내 편을 들어 주었다. 미국으로의 도주를 가뿐히 취소한 다음의 여유 같았다. 아빠 마이클의 죽음에 대해 듣고는 내가 불쌍해졌거나.

"나 학교 간다. 뛰지 않으면 지각이야."

랑이 벌떡 일어나 남은 샌드위치를 입에다 욱여넣었다. 학교까지 날아갈 수도 있을 것처럼 가벼운 모습이었다. 생물학적 엄마와 아빠를 모두 잃은 아이가 저렇게 명랑할 수 있다니. 그래, 랑은 버려진 아이는 아니니까. 게다가 일등짜리 복권처럼 새 가족의 운이 따라 줬잖아?

아줌마까지 외출하고 빼삐용과 둘이 집에 남았다. 내가 소파에 누워 있는 동안 빼삐용은 내 손가락을 핥고 양말을 물어뜯었다. 장난감 공을 던지면 잽싸게 물고 와 내 머리맡에 놓았다. 양말 한 짝을 벗어 던져 주었더니 물고 뜯고 야단이었다. 지금은 너랑 놀아 줄 기분 아니야.

지난밤 항공권을 예약했다. 날짜는 일주일 후, 내가 엄마의 연락을 더 기다려 보기로 한 시한이기도 했다. 진은 이 집에 일 년을 머물러도 상관없다고 했지만 사양했다. 하루라도 빨리 이 땅을 떠나고 싶었다.

열흘이 넘도록 나는 아무 소식도 받지 못했다. 꼭 연락을 하겠다고 약속한 장미라 씨도, 내 얘길 듣고 충격 속에 있다는 엄마도 나를 찾지 않았다. 만나고 싶은 생각이 조금이라도 있다면 지금까지 가만있을 리 없었다. 한국에 온 지 벌써 한 달, 그만 포기하고 돌아갈 때가 된 것 같았다. 더 머물면 머물수록 비참해지기만 할 테니까. 이젠 정말 내가 엄마를 버려야 하나? 한낮인데도 세상이 어둡게 좁혀 오는 것 같아 무서웠다. 날 낳고 버린 엄마에게 말하고 싶었다. 지금 잘 살고 있지 않기를 바랍니다. 당신이 잘 살고 있다면 내가 당신을 증오하게 될지도 모르니까.

돈을 많이 쓰진 않았는데 넉넉히 남아 있지도 않았다. 체류비의 절반은 가브리엘이 빌려준 돈이었다. 죽기 전에만 갚으면 된다고 했다. 돌아가는 대로 일자리를 알아봐야지. 진의 집엔 조금이라도 고마움을 표하고 가야 했다. 신세 진 게 얼만데. 게스트하우스 네스트에서 한 달 머물 정도의 숙박비를 계산해 사례하면 될까? 그건 아니라는 듯 빠삐용이 머리를 흔들어 털었다. 빠삐용을 끌어안고 소파에 누웠다. 오전인데도 피곤이 몰려왔다.

꿈속에서 미로 같은 골목을 헤맸다. 내가 가 봤던 곳과는 조금 다른데 꿈에서는 인천의 그 골목이라고 생각했다. 꼬불꼬불 좁다란 길은 끝없이 이어졌고, 내가 찾는 집은 나타나지 않았다. 조급한 마음에 뒤를 돌아보니 칠흑 같은 어둠뿐, 지나온 길조차 보이지 않았다. 다시 뒤돌아서는 순간 새카만 벽이 눈앞을 가로막았다.

나는 번쩍 눈을 떴다. 빠삐용이 이빨로 내 옷소매를 물고 이리저리 흔들고 있었다. 가슴이 두근거렸다. 불안하고 초조했다. 빠삐용을 꼭 껴안고 있다가 셀폰을 집어 들었다. 전화번호를 찾아 초록색 전화기 아이콘을 터치했다.

장미라 씨는 미안하다는 말부터 했다. 미안하다, 이 말은 들을수록 더 듣기가 싫었다.

“저 일주일 지나면 미국 가요. 엄마 아직도 아파요?”

장미라 씨는 머뭇거리다가 대답했다.

“조금만 더 기다려 보자. 미안하다, 미지야.”

미지라는 이름이 속을 뒤집었다. 내가 누구인지 알 수 없음. 이 이름이 내 운명을 여기까지 몰고 온 것 같아 미칠 것 같다고요.

“나, 나를 버린 엄마 그립지 않습니다. 하지만 만나야 해요. 나는 아무것도 아니다, 그런 생각 안 하고 싶어요. 마음이 부서져요. 그래서 엄마 만나야 해요.”

전화를 끊고 나서야 빠삐용이 내 눈물을 핥아먹고 있다는 걸 알았다. 내가 소리 내 울고 있다는 것도. 나는 베이비 박스에 들어가 있는 아기였다. 왜 그래야 하는 줄도 모른 채 캄캄한 곳에 홀로 남겨진 아기였다.

*

늦은 아침 식사를 하고 찜질방에 갔다. 찜질방은 조금 독특한 사우나라고 했다. 아줌마가 무조건 가야 한다며 랑과 나를 몰고 나갔다. 나는 빠삐용과 집에 있고 싶었지만 친근함이 가득한 아줌마의 재촉을 거부할 수 없었다. 진은 리포트 자료를 찾아야 한다며 도서관으로 쌩 가 버렸다. 집을 나서며 내 귀에 대고 속삭였다.

"나, 찜질방에 취미 제로야."

2층으로 된 찜질방은 상상을 초월할 만큼 규모가 크고 시설도 다양했다. 여섯 종류나 되는 사우나가 광장 같은 홀 가장자리로 늘어서 있었다. 식당은 물론 헬스클럽과 영화 감상실, 컴퓨터실, 수면실까지 없는 게 없었다. 주말이라선지 눈이 휘둥그레질 정도로 사람이 많았다.

아줌마는 통으로 찐 감자와 사과, 커피를 준비해 와 사우나를 한 뒤 땀을 줄줄 흘리며 먹었다. 섭씨 70도의 사우나실을 다섯 차례나 들락거려 걱정이 되었다. 결혼을 포기하고 난 기분을 그렇게 푸는 것 같았다. 랑과 나는 딱 한 번 사우나실에 들어갔다 나와 홀 바닥에 자리를 잡고 누웠다. 랑이 '식혜'라는 음료를 사 와 큰 스트로를 두 개 꽂고 번갈아 마셨다. 삭힌 밥알이 씹히는 식혜는 지독하게 달았다.

아줌마는 사우나를 끝내고 목욕탕으로 우릴 데려갔다. 백 명도 넘게 들어갈 수 있는 거대한 목욕탕이었다. 작은 연못 크기의 욕조가 용도별로 몇 개씩이나 되었다. 샤워기 하나를 차지한 나는 목욕탕 풍경에 넋이 빠져 있었다. 속옷 하나 걸치지 않은 여자들이 나란히 서서 샤워를 하거나 커다란 욕탕에 들어가 나올 생각을 하지 않았다. 우리도 가볍게 샤워를 하고는 뜨거운 욕탕에 들어가 몸이 따끈따끈해질 때까지 있었다. 기포가 보글보글 솟아오르는 욕탕에 말없이 앉아 있을 때는 왠지 명상하는 기분이 들기도 했다.

아줌마는 욕탕에서 나와 손바닥 크기의 얇은 녹색 타월을 손에 끼우더니 랑의 등을 죽죽 밀기 시작했다.

"아야! 아야! 살살 해!"

소리치는 랑의 팔을 한쪽 손으로 붙잡고 아줌마는 사정없이 밀어댔다.

"이런 식으로 복수하기야?"

랑은 아우성을 쳤다. 랑의 등은 거친 손길을 따라 발갛게 마찰 자국이 생겼다.

"때 봐라. 우동이야 우동."

아줌마는 이리저리 몸을 비트는 랑의 등을 철썩 때린 다음 샤워기 물을 뿌리고 타월을 빨았다. 그러고 나선 내 차례! 랑이 당했던 것과 똑같은 일이 반복되는 동안 나는 묘한 느낌에 사로잡혔다. 까슬까슬한 타월이 불규칙하게 등을 쓸어 나갈 때마다 가슴이 점점 뜨거워지는 것이었다. 내 팔과 등을 여기저기 붙잡는 아줌마의 손길이 느껴졌다. 맨살과 맨살이 접촉할 때마다 내 몸이 움찔움찔 반응했다. 뭐라고 설명할 수 없는 감동이 따갑게 등을 쓸고 지나갔다. 내 등을 밀고 있는 사람이 엄마라면……. 그런 생각이 들어 눈시울이 뜨거워졌다.

아픈 것도 모른 채 나는 두 팔을 늘어뜨리고 있었다. 마지막에 내 등을 물로 씻어 내고 아줌마가 등을 철썩 때릴 땐 알 수 없는 쾌감이 몸 전체로 퍼졌다.

"등 한 번 더 때려요."

내 말에 아줌마는 폭소를 터뜨렸다.

"얘가 뭐래니? 목욕탕에서 등짝 맞는 게 소원이야?"

아줌마의 손바닥이 내 등 한복판을 철썩 내리치고 나서야 나는 아줌마에게서 떨어졌다.

"밀어."

두 사람의 등을 해치운 아줌마는 랑에게 녹색 타월을 건넸다. 명령을 받은 랑은 당연하다는 듯 타월을 손에 끼고 아줌마의 등을 밀었다.

"좀 세게 밀어. 간지러워 죽겠어."

아줌마는 몸을 뒤틀며 웃었다. 랑도 킥킥 웃느라 힘을 주느라 얼굴이 새빨개졌다. 아줌마의 등과 랑의 손바닥 사이에서 밀려 나오는 것은 모녀 사이의 압축된 사랑이었고, 그것은 너무도 특별했다. 나는 핏줄이 다른 엄마와 딸이 서로 맨살을 터치하며 교감을 나누는 데 충격을 받았고 죽을 만큼 부러웠다.

데이나와는 그런 원초적인 행위는 상상할 수도 없었다. 어린아이 때 나를 씻겨 준 사람은 데이나가 아니라 마이클이었다. 그리고 학교에 들어간 뒤부터는 나 혼자 씻었다. 나를 혼낼 때만 내 팔을 붙잡고 흔들어대던 데이나는 대니얼을 씻기면서는 끌어안고 매만지며 온갖 터치를 다 했다. 내가 욕실 밖에서 몰래 지켜보는 걸 데이나는 알지 못했다.

엄마를 만난다면 만져 볼 수 있을까? 등과 얼굴과 가슴과 온몸을. 아니, 나는 엄마를 만날 수나 있을까?

*

아침부터 패션쇼를 시작했다. 진과 랑의 옷들을 침대에 늘어놓고 하나씩 입었다 벗었다 했다. 진의 옷은 길이가 적당한데 품이 작고, 랑의 옷은 품은 적당한데 길이가 짧았다. 한 달 이상 서울에 있게 될 줄 모르고 두툼한 옷을 챙겨 오지 않았다.

"리사 기럭지 완전 부럽당."

내 키만큼 긴 거울 속의 나를 들여다보며 랑이 말했다. 아줌마

방에서 가져온 거울이었다.

"기럭지?"

"너 키 크다고."

"기럭지 재미없어. 입을 옷 없잖아."

랑이 귀엽게 실눈을 뜨고 웃었다.

"편한 옷인데 입어 볼래?"

진이 자기 방에서 가져온 평범한 윈드브레이커를 내밀었다. 마음에 들지 않았다. 깔끔하고 산뜻한 옷이 좋은데.

"이건 어때? 대학 인터뷰 때 입었던 옷이야."

윈드브레이커를 들고 사라졌던 진이 금세 다른 옷을 들고 나타났다.

"유니폼 필이 나서 그때 딱 한 번 입고 처박아 뒀거든. 맞을 거야. 고3 때 내가 몸무게 피크 찍었으니까."

코발트블루의 심플한 슈트가 맘에 들었다.

"그 옷 좋아."

"리사 스타일이 유니폼 스타일이었구나?"

진이 쿡 웃었다.

나는 블라우스와 스커트, 재킷을 차례로 입었다. 처음부터 내 옷이었던 것처럼 길이도 품도 딱 맞았다. 앞뒤로 몇 번이나 거울을 비춰 보는 나에게 진이 말했다.

"어차피 난 안 입으니까 그 옷 리사 가져."

"정말?"

"응. 가브리엘이 보면 놀라겠다. 뉴저지의 터프 걸이 성실한 은행 스태프가 된 것 같잖아."

진은 거울 속 나에게 날름 혀를 내밀고 방을 나갔다. 랑이 머리빗을 들고 와 내 머리를 빗겨 주었다. 패션의 완성은 헤어라나? 나는 윗머리를 모아 묶어 달라고 했다. 수트와 함께 단정한 느낌을 주고 싶었다.

마침내 참신하게 변신한 모습을 거울에 비춰 보고 거실로 나갔다. 진도 자기 방에서 옷을 갈아입고 나왔다. 블루진에 검은색 트렌치코트를 걸쳐 입은 진은 멋쟁이 같았다.

"렛츠 고!"

진이 내 팔짱을 꼈다.

"오케이."

나는 랑에게 찡긋 윙크를 한 뒤 진을 따라나섰다. 빠삐용이 내 발꿈치에 달라붙어 폴짝폴짝 뛰었다. 빠삐용, 나 엄마 만나러 간다.

오늘 엄마를 만나기로 했다. 어제 엄마에게서 연락이 왔다. 장미라 씨와 통화하고 하루가 지나서였다. 셀폰이 울리고 모르는 전화번호가 화면에 떴을 때 나는 직감했다. 전화를 받고 저 너머에서 숨소리만 들려올 때는 확신했다. 엄마구나.

"엄마?"

18년을 준비했다가 터뜨리는 말처럼, 엄마라는 말이 작은 폭발음이 되어 나왔다.

"그래."

18년을 눌려 있다가 겨우 새어 나오듯 엄마의 목소리는 꽉 잠겨 있었다. 엄마와 나는 한참 동안 숨소리만 주고받았다. 내가 먼저 말했다.

"엄마, 미안하다고 하지 마세요."

미네소타에서 친엄마를 찾으러 온 입양아 홍연이처럼 엄마를 안심시키려 했던 게 아니었다. 미안하다는 말이 무책임하게 들릴까 봐 그랬다. 엄마는 내 부탁대로 했다. 그리고 내 간절한 바람에 대한 답을 주었다.

"만나자, 우리."

군더더기 없는 간결함이 나쁘지 않았다. 우리가 같이 살 수 있었다면 잘 통하는 엄마와 딸이었을지도 몰라. 가슴이 아팠다.

"네, 만나요. 내일 만나요."

나는 성급히 말했다. 며칠을 더 보내고 싶지 않았다. 그리고 이제 곧 미국으로 날아가야 하니까. 엄마는 내가 하고 싶은 대로 하자고 했다. 목소리가 떨렸지만 장미라 씨처럼 노골적으로 슬픔을 드러내지는 않았다.

나는 밤새 잠을 이루지 못했다. 일 년처럼 긴 밤이었다. 뭘 입고 가지? 이 한 가지 고민으로 자그마치 두 시간을 보냈다. 나는 초라하게 보이고 싶지 않았다. 파양을 당했다는 말은 해야 하나, 말아야 하나. 그 문제엔 몇 시간이 지나도 답을 찾지 못했다. 나를 버린 엄마에 대한 반감과 나에게 만나자고 하는 엄마에 대한 보고픔이 뒤섞여 마음이 거칠게 파도쳤다.

나는 아빠 마이클에게 기도했다. 아빠, 나 한국 엄마 만나러 가요. 아빠가 나에게 한 번도 얘기해 주지 않았던 엄마예요. 아빠가 살아 있다면 이렇게 말했겠죠? 너 지금 무슨 일을 하고 있니? 넌 내 딸이고 완전한 미국인이야. 하지만 아빠가 틀렸어요. 나는 미국인도 아니고 한국인도 아니에요. 아무것도 아닐지도 모르죠. 마지막으로 그걸 확인하러 가는 거예요. 그러니 마음에 들지 않더라도 도와주세요. 단 한 번뿐인 만남이라도 '이제 됐다'며 마침표를 찍을 수 있게.

미카엘 천사의 죽음

아빠는 그로서리를 시작한 지 5년 만에 문을 닫았다. 그리 멀지 않은 곳에 대형 할인점인 그린마트가 들어서면서 매출이 급감했기 때문이다. 아빠는 미련 없이 그로서리를 정리한 뒤 그린마트의 매니저로 취직했다. 그린마트와 경쟁 상대가 되지 않는다는 걸 일찌감치 알고서 내린 결정이었다. 나도 학교 수업이 끝나고 세 시간씩 그곳에서 파트타임으로 일했다. 주 6일 근무에 평일 중 하루는 쉬었다. 건강한 편이었기 때문에 학교 수업과 마트 일을 무리 없이 소화해 낼 수 있었다.

내가 소속된 파트는 일손이 가장 바쁘게 돌아가는 식품부였다. 식품 진열뿐 아니라 채소를 다듬고 손질까지 해야 했던 나는 군소리 없이 열심히 일했다. 진열대에 빠진 물건들을 가져다 채우고,

새로 들어올 물건들을 위해 적당한 곳에 자리를 마련했다. 채소를 다듬을 땐 손톱 밑이 전부 새까매졌다. 배달 트럭이 도착하면 박스와 궤짝도 날랐다.

나는 이런 일들을 지겨워하지 않았고 다른 직원들과도 잘 지내는 편이었다. 아빠가 워낙 인심을 얻었기에 덩달아 나까지 잘 봐준 점도 없지 않았다. 그곳에도 히스패닉계와 동양계가 많았는데, 식품부에 딱 한 명 있던 한국인 이민자는 일 년도 안 돼 우체국에 취직해 나갔다. 우체국에 들어가기 위해선 까다로운 시험을 치러야 했기 때문에 한동안 뉴스거리가 되기도 했다. 사람들은 그를 보고는 진심으로 축하해 주고 뒤에서는 지독한 한국인이라며 혀를 내둘렀다.

그린마트에 다니는 동안은 그런대로 괜찮았다. 마지막이 구겨진 휴지조각처럼 마무리되지만 않았더라면. 마음씨 좋은 매니저였던 아빠는 매달 10달러씩 내는 조합을 만들어 직원들의 생일도 챙겨주고 각종 경조사에 성의를 표하는 일도 잊지 않았다. 점심식사 후엔 교대로 마트 뒤편 공터에서 잠깐씩 농구도 했다. 아직 아빠와 떨어지지만 않았을 뿐 나는 그 밖에 다른 면에서는 자주적인 모습을 보이려고 노력했다. 집에서도 더 이상 동생을 경쟁상대로 여기지 않았고, 데이나와는 서로 건드리지 않는 선에서 휴전상태를 유지했다. 어쩔 수 없는 휴전이었다. 사실 데이나와는 금이 갈 대로 가 있었고 말도 하지 않았다. 아빠가 둘을 연결시키고 있었지만 마음은 이미 남남이었다. 나는 주급을 받을 때마다 절반을 떼어 데이나에게 주었다. 당신에게 신세지지 않겠다는 뜻이었다. 데이나는 다시 네일숍에 나갔고 핸드 케어만 전문으로 하는 베테랑이 되었다.

휴일이면 아빠는 가족끼리 자주 야외로 나가 여가를 보내려 했다. 나와 데이나는 마지못해 따라나섰고 서로 상관하지 않았다. 대개는 뉴저지 인근 바닷가에서 아빠와 나는 낚시를 하고 데이나와 대니얼은 비치를 뛰어다니며 놀았다. 날씨가 화창할 때는 게 잡이를 하기도 했다. 아빠는 큰 바스켓으로 하나 가득 게를 잡아 와서는 소금물에 푹푹 삶아 수북이 쌓아 놓고 식구들에게 먹였다.

독립기념일이면 아빠는 식구들을 데리고 뉴저지 롱비치로 갔다. 독립기념일을 맞아 본격적인 여름 휴가철로 접어들기 때문에 미국 전체가 들썩이는 때이기도 했다. 아침부터 아빠는 나와 대니얼에게 성조기가 프린트된 티셔츠를 입히고 부산을 떨었다. 맨해튼의 불꽃놀이를 구경할 수 있는 바닷가로 나가 서둘러 좋은 자리를 차지하기 위해서였다. 나랑 외출하기가 싫은 데이나가 시간을 끌어 늦은 오후가 되어서야 바닷가에 도착했다. 밤 9시가 넘으면 첫 불꽃이 쏘아 올려졌다. 사람들의 환호성과 함께 연이어 불꽃이 터지며 밤하늘을 화려하게 수놓았다. 아빠는 감격에 젖어 가족을 번갈아가며 꼭 안아주었다. 블랙 베레모에 카키색 플란넬 셔츠, 점프부츠를 신은 그는 멋진 군인처럼 보였다. 폭죽은 계속해서 터졌고, 나는 대니얼과 모래사장을 뛰어다니며 놀았다.

그러나 가장 잊지 못할 일은 아빠 마이클과 단둘이 했던 뉴욕 여행이었다. 뉴저지에서 뉴욕으로 출퇴근하는 사람들이 많을 정도로 뉴욕은 가깝지만, 나는 뉴욕을 제대로 구경해 본 적이 없었다. 학교에서 단체로 뉴욕자연사박물관과 9/11 추모박물관*을 견학한 게 다였다. 아빠는 나에게 환상적인 제안을 했다.

"리사, 뉴욕 외곽에 신규 매장을 오픈하는데 며칠간 지원 근무를 나가야 해. 같이 가보지 않을래? 여기서 왔다갔다해도 되지만 뉴욕에서 우리 둘이 시간을 보내 보자. 주말에서 화요일까지니까 월요일, 화요일은 학교를 빠지지 뭐."

"아빠!"

나는 두 팔로 마이클의 목을 끌어안고 껑충껑충 뛰었다. 아빠와의 뉴욕 여행이라니. 신규 매장으로 지원 근무를 나가는 것뿐이었지만 나에겐 어떤 여행보다도 특별한 여행이 될 것이었다. '조약돌'이라고 쓰인 공책에 길들과 집들을 그리며 아빠와 뉴저지 에디슨의 작은 마을을 여행했던 이후로 처음. 중년의 나이가 된 아빠는 덩치만 커진 나를 바라보며 말없이 웃었다.

일주일 동안 작은 호텔에 머물면서 아빠의 지원 근무를 돕고 뉴욕을 돌아다녔던 시간은 꿈같았다. 오전 10시부터 오후 6시까지 일하고 두세 시간 뉴욕을 구경한 다음 호텔에 돌아와서 그대로 잠

---

* 2001년 발생한 9/11 테러를 기억하고 희생자들을 추모하기 위해 만든 뉴욕의 박물관.

에 빠져들었을 뿐인데 하루가 몽땅 즐겁기만 했다. 사흘이 휙 지나갔을 때 아빠는 또 한 가지 선물을 준비해 놓고 있었다.

"집으로 돌아가기 전에 본격적으로 맨해튼 구경을 하자. 내일은 아침부터 저녁까지 완전히 휴가니까."

"……."

입을 떼면 울음이 터져 나올 것 같아 나는 힘차게 고개만 끄덕였다.

다음 날은 새벽부터 비가 내려 우산을 쓰지 않으면 안 되었다. 하지만 그 무엇도 나를 방해할 순 없었다. 쏟아지는 비도, 무척이나 추웠던 뉴욕의 지하철도. 지하철 맨 뒤 칸, 유리창으로 보이는 맨해튼의 풍경은 내 마음을 타오르게 하기에 충분했다. 아빠와 나는 종일토록 맨해튼 거리를 샅샅이 뒤지듯 걸어 다녔다. 소나기가 퍼붓는 거리를 쏘다니면서도 힘든 줄을 몰랐다. 센트럴파크를 돌아다니는 동안 비가 그쳤고 야외무대에서는 어느새 즉석 공연이 펼쳐지고 있었다. 가스펠 밴드의 노래와 연주는 청량한 바람과 함께 내 영혼을 맑게 씻어 주는 듯했다.

49번가의 어느 건물 모퉁이에 아빠와 둘이 앉아 샌드위치를 먹을 때, 나는 뉴욕이 가쁘게 숨 쉬는 소리를 들었다. 사람들은 하늘을 찌를 듯 높이 솟은 빌딩들 사이를 분주히 걸어 다녔고, 발걸음 하나에도 생동감이 넘쳤다. 그들은 세련된 옷차림에 세련된 제스처로 대화를 나누며 내 앞을 지나쳐 갔다. 델리에서 샌드위치를 만드는 여자조차도 생기가 넘쳐 발갛게 상기된 얼굴을 하고 있었다. 왠지 주눅이 들어 나는 아빠에게 배시시 웃어 보였다.

"아빠는 오래전 유타주를 떠나와 뉴욕에서 5년을 살았어. 내 고향이 유타거든."

아빠는 맨해튼 남쪽으로 걸어가면서 그동안 한 번도 하지 않았던 얘기를 들려주었다.

"몰몬교* 남자와 재혼한 어머니가 심장병으로 돌아가신 해이기도 했지. 뉴욕 퀸즈의 월세 300달러짜리 방을 흑인 친구와 나눠 쓰면서 이런저런 직업을 전전하던 중에 데이나를 알게 됐어. 사랑에 빠져 곧 결혼했고. 그리고 리사 너를 만나게 됐지."

아빠는 한쪽 팔로 내 어깨를 감싸 안았다. 내 눈이 흠뻑 젖어 들었다. 아빠가 "네가 생긴 거지"라고 하지 않고 "너를 만나게 됐지"라고 했기 때문이다.

"영리하고 귀여운 너는 지루한 생활의 활력소였어. 늦은 인사지만 고맙다, 리사. 이제 멋진 남자친구를 만나 그를 기쁘게 해주어야 할 텐데."

아빠는 더 이상은 얘기하지 않고 묵묵히 걷기만 했다. 나는 복받쳐 오르는 슬픔을 참느라 어금니를 악물어야 했다.

배터리파크에서 페리를 타고 나가 자유의 여신상을 보았을 때

* 기독교의 한 파로 공식 명칭은 '말일 성도 예수 그리스도 교회'. 본부는 유타주 솔트레이크시에 있다.

마이클은 거기에 쓰인 글귀를 천천히 읽었다.

"고단한 이들이여, 가난한 이들이여, 자유롭게 숨 쉬고 싶은 이들이여, 다 내게로 오라."

나를 위해 읽었는지 아빠 자신을 위해 읽었는지는 알 수 없었다. 멀리 맨해튼의 풍경 위로 저녁노을이 내려앉고 있었다.

*

가브리엘은 학교를 한 학기 다니고 휴학했다. 생각보다 공부가 재미없다며 국내 여행을 다녀 보고 싶다고 했다. 내가 11학년 여름방학을 맞았을 때는 시카고와 워싱턴 여행을 마치고 뉴저지에 들렀다. 그는 여행하면서 보았던 집들에 대한 얘기를 많이 했다. 샌프란시스코에서 본 빅토리안 하우스가 어쩌니, 캘리포니아 비버리힐즈에서 본 이탈리안 건축 양식의 고급 싱글 하우스가 저쩌니 하면서 끝없이 수다를 떨었다. 여행이 자신에게 좋은 경험이 되고 있다고 했다.

"여행을 다니다 보니 주거 공간과 주택 형태에 마음이 더 쏠려. 결국 내 적성은 그쪽이었던 거지. 여행으로 얻는 건 독서 이상이라니까?"

가브리엘은 뉴저지 변두리에서 한 발짝도 나오려 하지 않는 나에게 자극을 주고 싶어 했다.

"여행을 할 때마다 인생이 알 수 없는 길을 찾아가는 긴 여행이란 걸 깨닫게 돼. 그런 깨달음을 얻으면서 나는 조금씩 커 가고 있는 것 같아. 리사 너는 너무 한곳에만 붙박여 있어서 내 말을 이해할 수 없을 거야. 너, 뉴저지를 한번 떠나 보고 싶지 않니?"

나는 가브리엘이 콜로라도로 돌아갈 때까지 아무 대답도 하지 않았다. 그리고 그로부터 얼마 뒤 내가 정말로 뉴저지를 떠나리라곤 상상도 하지 못했다.

사건은 대니얼이 자전거 사고를 당하면서 시작되었다. 내 딴엔 언니 노릇을 한답시고 대니얼의 생일에 자전거를 선물했던 게 화근이었다. 겁 없는 대니얼이 속력을 내 달리다가 그만 자전거 앞부분이 분리돼 나가는 바람에 땅으로 곤두박질친 것이다. 벼룩시장에서 싼값으로 산 중고 자전거였는데 상태가 좋지 않았던 모양이다. 대니얼은 다리가 부러져 깁스를 했다. 데이나는 나에게 고철 덩어리 같은 자전거 때문에 사고가 났다며 마귀처럼 화를 냈다. 그러면서 그린마트 일을 그만두고 집에서 대니얼을 돌보라고 했다. 나는 돈을 벌어야 한다며 데이나에게 네일숍을 그만두라고 했다. 데이나는 길길이 뛰었다.

"사람 돌게 하는 데 소질 있다니까. 모두 네 책임인 거 몰라? 1티스푼이라도 양심이 있으면 알아서 대니얼을 돌봐야지. 그리고 마이클이 매니저로 있으니까 너는 얼마든지 다시 일할 수 있잖아. 난 사람도 구해 놓지 않고 갑작스레 그만두면 네일숍에 영영 발을 들여놓지 못한다고."

데이나의 말에 아빠도 동의했다.

"그래, 리사. 그렇게 해라. 대니얼을 돌보면서 방학 동안 푹 쉬어."

나는 싫다고 우겼다. 부당하다고 생각했다. 이럴 때 왜 엄마를 놔두고 진짜 언니도 아닌 내가 보호자 노릇을 해야 한단 말인가. 마이클과 겨우 아침 식사만을 같이 하면서 한 달을 보낸다는 것도 마음에 들지 않았다. 나는 데이나에게 쏘아붙였다.

"대니얼은 당신 딸이잖아!"

데이나는 인정머리 없는 계집애라며 내 뺨을 때렸고, 아빠도 못된 말을 한다며 나를 야단쳤다. 아빠가 나에게 그렇게 무서운 표정을 한 것은 처음이었고 나는 충격을 받았다. 내가 대니얼을 골탕 먹이려고 그런 것도 아닌데……. 다 이기적인 데이나 때문이야. 나는 밤새 울고 그린마트에 계속 나갔다. 죽어도 양보 못 한다는 나를 아빠는 더 이상 설득하려고 하지 않았다.

결국 데이나가 네일숍을 그만두면서 사건은 마무리되었다. 데이나와는 다시 원수가 되었다. 데이나는 나에게 잔인한 말로 상처를 주었다. 넌 잘 해 줄 가치도 없는 애야. 은혜를 몰라도 분수가 있지. 계속 그렇게 해 봐. 나도 한계가 있어. 무슨 뜻인지 알아? 데이나가 그런 말을 할 때마다 그 입을 다시는 떼지 못할 테이프로 붙여 버리고 싶었다.

대니얼이 깁스를 풀던 날 아빠가 말했다.

"데이나에게 먼저 사과하지 않으면 나도 이번엔 용서하지 않겠다."

하늘이 무너져 내리는 것 같았다. 아빠가 그런 말을 하다니. 어떤 경우에도 나에겐 천사였던 아빠가.

나는 밤새도록 울고 새벽에 일어나 여행 가방을 꺼냈다. 가브리엘에게 갈 거야. 나는 데이나보다 아빠 마이클로부터 등을 돌리고 있었다. 그래, 사라져 줄게.

갑자기 전화를 걸어 콜로라도로 가겠다고 했을 때 가브리엘은 "뭐?" 하고 놀랐다.

"나한테 뉴저지를 떠나 보고 싶지 않느냐고 했지? 나, 뉴저지를 떠나 콜로라도로 가고 싶어."

가브리엘은 왜 갑작스러운 결심을 했는지 꼬치꼬치 캐묻지 않았다.

"언제 오려고?"

"지금."

가브리엘은 하하 웃었다.

"내 말이 그렇게 강력할 줄은 몰랐는데?"

"농담 마. 난 진지하다고."

가브리엘이 대수롭지 않게 여기는 것 같아 기분이 상했다.

"돈은 있어?"

"2천 달러."

데이나에게 매달 준 생활비를 빼고 모아둔 돈이었다.

"내가 머물 데나 빨리 알아봐. 가비 룸메이트한테 눈총받고 싶지 않으니까."

"걱정 마. 너한테 딱 적당한 곳이 생각났어. 혼자 올 수 있지? 비행기 타고 네 시간 반 동안 푹 자고 나면 공항에서 내가 기다리고 있을 거야. 항공권 예약하고 전화해. 에디슨 역에서 뉴어크 공항으로 가는 기차가 있으니까 탑승 시간 네 시간쯤 전에 출발하고."

가브리엘의 목소리는 약간 들떠 있었다. 내가 일탈하는 데 흥미를 느끼는 것 같았다.

가브리엘은 학교에서 가까운 월세 600달러짜리 작은 임대아파트에 살고 있었다. 예술미디어 대학에 다니는 룸메이트는 학교의 아틀리에와 스튜디오에서 사느라 집에는 어쩌다 한 번씩 온다고 했다. 월세를 반반씩 나눠 내는데 혼자서 집을 차지한 거나 마찬가지라며 가브리엘은 운이 좋았다고 말했다.

가브리엘이 나에게 딱 적당하다고 했던 숙소는 뒤뜰이 넓은 가정집이었다. 그 집 차고 2층의 아늑한 방이었고, 그 방에는 깔끔한 외모의 날씬한 한국인 여학생이 살고 있었다. 오 마이 갓. 나보다 네 살이 많다는 그 여학생의 이름은 김진. 집 근처 커뮤니티 칼리지*에서 영어 어학연수 중이라고 했다. 진은 지적인 인상에 빛나

* 미국 공립 2년제 대학.

는 작은 눈이 매력적이었다. 가브리엘이 파트타임으로 일하는 서점에서 둘이 알게 되었다는데, 진의 말로는 자신이 한국에서 왔다고 하자 가브리엘이 더 관심을 보였다고 했다. 유감스럽게도 진은 내가 입양아라는 사실을 이미 알고 있었다. 나는 그에 대해 가브리엘에게 항의하지는 않았다. 그 덕분에 진의 홈스테이 가정에 머물 수 있었을 테니까.

진의 방은 더블베드와 책상이 있는 침실, 푹신한 소파와 TV가 있는 작은 거실, 4인용 식탁과 조리대가 있는 부엌, 작은 발코니, 이렇게 공간이 나뉘어 있었다. 진은 침대가 너무 높아 소파에서 자는 게 더 편하다며 침실을 내주겠다고 했다. 나는 진의 배려가 진심이라는 걸 알았지만 사양했다. 지나친 친절이 달갑지 않았다. 내가 불쌍해서 그러지? 나는 진이 유복한 가정에서 태어나 좋은 교육을 받았고 손만 벌리면 원하는 걸 얻을 수 있는 한국의 상류계층이라고 판단했다. 미국으로 공부를 하러 올 정도라면 좀 사는 집안의 공주님일 테지. 나는 그런 진이 거북했다.

내 짐을 거실 한쪽에 정리하고 났을 때 진이 말했다.

"리사 행운아야. 가브리엘 같은 남자가 베스트 프렌드라니. 그런 사람 만나기 정말 쉽지 않거든. 언젠가 리사도 알게 될 거야."

"진보다 내가 더 잘 알아."

진의 호의에 나는 삐딱하게 반응했다. 칫, 언제 봤다고 언니처럼 굴지? 가브리엘과 진이 죽이 척척 맞는 것도 싫었다. 진이 가브리엘을 순수하게 친구로서 좋아한다는 걸 잘 알면서도 그랬다. 내가 한국말을 한다는 얘길 들었는지 진은 나에게 꼬박꼬박 한국말을 했다. 나는 내키는 대로 영어와 한국어를 섞어 말했다.

그즈음 가브리엘은 복학을 준비하며 서점에서 일했다. 일이 끝나면 홈스테이로 와서 나를 데리고 나갔다. 콜로라도 주청사와 역사박물관, 대성당이 있는 시내를 돌기도 하고, 건물들 사이의 잘 가꿔진 잔디밭에 앉아 햄버거를 먹기도 했다. 상가들 사이를 지나다니는 무료 셔틀버스를 타고 거리 구경을 하는 것도 재미있었다. 각종 노점상과 거리의 악사들, 벤치에 앉아 느긋하게 체스를 두는 사람들, 길바닥에 앉아 술병을 입에 대고 기울이는 노숙자들은 여행하는 기분을 느끼게 해 주었다. 날씨가 좋을 때는 캠핑장이 있는 주립 공원으로 가 산책을 즐기기도 했다.

가브리엘이 진과 만나 홈스테이로 올 때도 있었는데, 그런 날은 셋이 발코니에 앉아 이른 저녁 식사를 했다. 나는 마치 나를 위해서라는 듯 한국 음식을 요리해 내는 진이 탐탁지 않았다. 누가 언제 해 달라고 했어? 일부러 한인 밀집 지역까지 가 음식 재료를 사 가지고 오는 진에게 나는 고맙다는 말 한마디로 끝냈다. 잡채와 불고기는 정말 먹을 만했는데도 칭찬할 마음이 생기질 않았다. 내가 접시를 다 비울 때까지 감탄사를 내뱉지 않으면 가브리엘이 "정말 맛있네" 하며 테이블 밑으로 내 발을 툭 찼다. 내가 마지못해 맛있다고 하면 진이 어깨를 으쓱하며 웃었다.

나는 진이 외출하고 없는 시간에 집 청소를 했다. 일방적으로 신세를 지고 싶지 않아서였다. 나 밥값은 했어, 그런 뜻이었다. 진은 내 마음을 읽기라도 한 것처럼 청소를 그만두라느니 하는 말은 하지 않았다.

발코니를 청소할 때면 홈스테이 주인 할머니가 뒤뜰에서 나를 불렀다. 혼자 사시는 할머니였는데, 얌전한 동양인 홈스테이 여학생이 친구를 데려와 함께 지내는 걸 문제 삼지 않았다. 오히려 적적하던 차에 말벗이 생겼다며 나를 반겼다. 뒤뜰로 내려가면 오레오 튀김이나 구운 마시멜로를 간식으로 주었다. 간식을 다 먹고는 할머니에게 타로를 배웠다. 타로 카드가 말해 주는 이야기가 너무 재밌어 나는 몇 시간이나 할머니와 같이 있으면서도 귀찮지가 않았다.

가브리엘은 내가 뉴저지를 떠나온 이유에 대해서는 끝까지 묻지 않았다. 그리고 딱 2주만 있다가 돌아가라고 했다. 나는 아직 여름방학이 한 달 넘게 남았으니 3주 후에 가겠다고 했지만 그 말도 지킬 자신은 없었다. 나중에 안 사실이지만 가브리엘은 마이클에게 연락해 내가 콜로라도에 있다고 알렸다.

소파에서 잠들기 전이나 잠에서 막 깨어날 때는 지독한 외로움이 온몸을 덮쳤다. 마이클에게서 버림받았다는 슬픔이 밤과 함께 되살아났다. 눈물을 흘리지 않기로 마음먹었기에 악을 쓰며 참았다. 하지만 무지막지하게 밀려드는 외로움은 이겨 내기가 힘들었다.

'아빠, 아빠, 마이클…….'

나는 창밖을 내다보며 마음속으로 아빠 마이클을 불렀다. 대답 없는 그 이름을.

금요일 저녁엔 가브리엘의 아파트로 친구들이 몰려와 맥주 파티를 벌였다. 일본인 남학생과 무명의 흑인 기타리스트, 백인 남성 동성애자 커플, 멕시칸 요리사, 환경 단체 활동가로 일하는 물라토* 등 다양한 인종과 직종의 사람들이 모였다. 가브리엘은 친구 관계도 폭넓고 자유로웠다. 그런 날이면 조용했던 아파트가 시끌시끌해지고 유쾌한 웃음이 끊이질 않았다. 물론 맥주 파티엔 나와 진도 끼어 있었다.

나는 그 모임의 막내라는 이유로 귀여움을 받긴 했지만 파티를 즐기진 못했다. 아직 맥주 파티 같은 것에 익숙지 않았고, 마음껏 자유로운 분위기도 어색했다. 하지만 그보다 더 큰 이유는 따로 있었다. 간단한 영어만을 구사하면서도 누구에게나 인기 있는 진에게 질투가 났기 때문이다. 진은 적당히 놀다가 너무 늦지 않은 시간에 나를 데리고 홈스테이로 돌아갔다. 어쩌면 내 속을 훤히 들여다보고 있었는지도 모른다.

나는 진에게 쉽게 마음을 열지 못했다. 밝은 햇살만 먹고 자란 것처럼 그늘 없이 깨끗한 인상도 그랬지만, 아이비를 알았을 때와 달

---

* 백인과 흑인의 혼혈 인종.

리 순수 한국인의 모습을 보는 것도 기분 좋은 일은 아니었다. 게다가 마음 씀씀이까지 쿨하고 깔끔해 열등감이 느껴졌다. 모든 걸 다 갖춘 한국 공주, 넌 얼마나 좋은 환경에서 태어났기에 여기까지 와서 공부를 하니? 나는 마음속으로 짓궂게 시비를 걸곤 했다.

진은 내 질투에 휘말리지 않고 꿋꿋이 언니 노릇을 했다. 하루 한 끼는 한국 음식을 먹어야겠다며 아침마다 간편한 한국식 요리도 해냈다. 맛있을 때도 있고 맛없을 때도 있었지만 한인 교회 한국어 서머스쿨에서 먹었던 음식보다는 정성스러웠다. 10학년 때 선생님이 우정에 대해 말하며 스페인 작가 세르반테스의 명언을 알려 준 적이 있다. '그 친구를 알기 전에 한 스푼의 소금을 나눠 먹어 보라.' 진이 해주는 한국 음식을 먹으면서 나는 곱게 자란 한국 공주를 한 스푼씩 두 스푼씩 받아들이고 있었다. 좀처럼 가까워질 것 같지 않던 마음의 거리를 좁혀 준 게 단지 음식이었다는 건 놀라운 일이다.

*

콜로라도에서 2주하고 사흘을 보냈을 때 가브리엘은 특별한 여행을 계획했다. 50달러 여행. 친구에게 낡은 자동차를 빌려 50달러를 넘지 않게 쓰며 내키는 대로 다니는 하루 여행이었다. 여행을 떠나기 전날 밤, 가브리엘이 나를 밖으로 불러냈다.

"오늘 코리아타운에 갔었어."

코리아타운이라니. 나는 가브리엘이 들고 있는 흰 비닐봉지를 내려다보았다.

"김밥 재료야. 리사도 김밥 알지?"

나는 고개를 까딱했다. 김밥을 만들어 가자고?

"한국에선 피크닉 갈 때 김밥을 가져간대. 리사가 만들어 봐."

"내가 어떻게! 김밥 만드는 데 고도의 기술이 필요한 것 같던데. 왜 나한테 물어보지도 않고 이런 걸 사 와?"

나는 반갑잖은 일거리를 가져온 가브리엘에게 짜증을 냈다.

"손재주가 뛰어나다는 한국인의 피가 리사에게도 흐르고 있잖아."

"언제부터 한국에 대해 알았다고."

"너를 알았을 때부터."

가브리엘은 약을 올렸다.

다음 날 새벽, 가브리엘과 나는 지도 한 장에 의지한 채 50달러 여행을 시작했다. 옆구리가 툭툭 터지고 크기도 제각각인 김밥은 런치 박스에 담겨 자동차 뒷좌석에 실려 있었다. 양념한 김밥 재료는 몽땅 진이 준비해 주었고, 나는 한 시간이나 걸려 우스꽝스러운 김밥 다섯 줄을 만들어 냈다.

콜로라도 덴버를 벗어나 뉴멕시코주까지 갔다가 다시 덴버로 돌아오는 데는 약 열네 시간이 걸렸다. 자동차 기름값과 커피값,

햄버거값까지 합쳐 돈은 꼭 50달러가 들었다. 고속도로를 한 시간 반쯤 달리다 만난 평야는 끝이 없을 것처럼 넓게 펼쳐져 있었다. 직선으로 뻗은 도로엔 한두 대의 자동차밖에 보이지 않고, 드문드문 나타나는 목장과 시골 풍경은 평화로웠다.

시속 65마일을 유지하고 남쪽으로 달리다가 목초지에 내려 김밥을 먹기도 하고, 목장 주인을 만나 신선한 소젖을 얻어 마시기도 했다. 뉴멕시코주까지 가는 동안 넓디넓은 목장이 계속 이어졌고, 소를 조심하라는 표지판이 자주 눈에 띄었다. 도로포장이 돼 있지 않은 마을과 황량한 민둥산도 여러 번 지났다. 허허벌판에 오직 내가 가는 길밖에 보이지 않고, 어딘가에 내려 잠시 휴식을 취하고 다시 길을 떠나는 여행에는 가브리엘의 깊은 뜻이 담겨 있었다.

"리사, 내가 뉴저지에 갔을 때 했던 말 기억나? 여행을 할 때마다 인생이 알 수 없는 길을 찾아가는 긴 여행이라는 걸 깨닫는다고 했던 거. 너도 그런 느낌을 알았으면 했어. 그래서 50달러 여행을 생각해 냈지."

그 말뜻을 어렴풋이 알 것 같았지만 나는 심각하게 받아들이진 않았다. 뉴욕 여행 때처럼 슬퍼질까 봐 겁이 났다.

800마일에 가까운 거리를 자동차로 달려 고단했지만 50달러 여행은 만족스러웠다. 열두 시간 이상 운전을 한 가브리엘도 덴버에 도착할 때까지 조금도 피곤해 보이지 않았다. 하지만 끔찍한 소식이 기다리고 있었다. 받을까 말까 망설이다 전화를 받았을 때 데이나는 차가운 목소리로 말했다.

"마이클이 죽었어. 마트를 털러 온 강도한테 총에 맞아서."

나는 눈을 감았다. 그리고 눈을 떴을 때는 침대 위에 있었다. 가브리엘과 진이 내 곁을 지켰다. 데이나가 한 말이 귀에 쟁쟁 울렸다. 아빠가 죽었다는 말은 지구가 두 쪽으로 갈라졌다는 말보다 더 믿을 수 없었다. 너무 아득해 눈물조차 나오지 않았다. 가브리엘이 내 손을 꼭 잡았다.

"장례식엔 가야지."

"안 돼, 안 돼, 안 돼!"

나는 비명을 질렀다. 아빠가 죽다니, 쉰 살이 조금 넘은 나이에. 나는 떨리는 목소리로 가브리엘에게 말했다.

"아빠는 죽은 게 아니라 완전히 나를 버린 거야."

*

아빠의 장례식 내내 비가 내렸다. 그럴 수밖에 없었다. 미카엘 천사가 비참한 죽음을 맞고 서둘러 하늘로 올라갔으니까. 아빠는 마트에 침입한 강도 두 명에게 저항하다 총에 맞아 즉사했다. 부상자는 두 명, 사망자는 아빠가 유일했다. 테러를 저지르고 사라진 범인들은 잡히지 않았다. 아빠는 해마다 총기사고로 목숨을 잃는

1만 2천 명의 미국인 중 하나가 되어 짧은 생을 마감했다. 전 세계의 자유와 평화를 수호하는 미국을 자랑스러워하던 아빠가.

장례식은 기독교식으로 치러졌다. 작은 교회는 조문객들로 꽉 찼다. 그들은 마이클이 얼마나 착한 사람이었는지를 증명해 보이겠다는 듯 그의 인간됨을 돌아가며 칭찬했다. 그린마트 직원들도 꽤 왔고 나에게 마음을 다해 애도를 표했다. 가브리엘의 아버지와 어머니도 검은색 정장을 갖춰 입고 장례식에 참석했다. 그들은 아들의 절친인 입양아가 그렇게 아빠를 잃은 것을 진심으로 슬퍼했다.

미망인 데이나는 침착하게 조문객들을 맞았다. 전보다 더 야위고 눈 밑 그늘도 짙어졌지만 아름다운 모습엔 변함이 없었다. 다리 깁스를 푼 대니얼은 사람들이 위로의 말을 해 줄 때마다 훌쩍훌쩍 울었다. 관 속의 아빠는 검은 양복을 입고 얼굴엔 화장까지 하고 있었다. 총을 맞고 누워서도 편안하게 미소를 짓고 있는 것 같았다. 가브리엘은 빳빳하게 굳은 아빠의 손을 잡고 잘 가라며 마지막 인사를 했다.

나는 흰 파우더를 바른 얼굴을 내려다보았을 뿐 울지도 않았고 어떤 말도 하지 않았다. 말썽만 피우다 말도 없이 뉴저지를 떠나 아빠를 힘들게 한 일이 미칠 듯 괴로웠지만, 그가 내 곁에서 영원히 떠나 버린 데 비하면 아무것도 아니었다. 완전히 나를 버리고 간 아빠를 나는 용서할 수 없었다.

장례식이 끝난 저녁, 가브리엘은 자기 집으로 가고 나와 두 식구는 간단히 식사를 마친 후 거실에 모였다. 나와 데이나는 아빠 마이클의 죽음에 대해 한마디도 하지 않았다. 데이나는 나의 갑작스러운 가출에 대해서도 문제 삼을 생각이 없는 것 같았다. 침울한 분위기 속에 대니얼만 이따금 뭘 묻거나 할 뿐 의미 없는 대화조차 오가지 않았다. 데이나와 나 사이를 연결했던 아빠는 이제 없었다. 아빠가 없는 집은 공허했다.

밤늦게 데이나는 자기 방에서 상자 하나를 가지고 나왔다.

"네 거니까 네가 가져가."

상자에서 꺼낸 것은 누렇게 색이 바랜 종이 한 장과 사진 한 장. 내가 입양아임을 증명하는 서류와 입양 당시의 사진이었다. 사진 속 분홍 원피스를 입고 분홍 리본 밴드를 두른 나는 비현실적이고 낯설어 보였다.

"네가 학교에 입학했을 때였나? 마이클이 이제 입양 서류는 필요 없다면서 열 장쯤 되는 서류를 쓰레기통에 모두 버렸지. 그때 내가 몰래 한 장 주워다 논 거야, 그 사진하고 같이. 언젠가 너한테 보여 줘야 할 날이 올 것 같아서."

나는 입양 서류와 사진을 내던지며 소리쳤다.

"나더러 뭘 어쩌라고. 그리고 이제 와서 왜!"

"그거 가지고 이 집에서 나가. 이제 마이클도 죽었으니 한집에 살 이유도 없어."

데이나의 말에는 어떠한 감정도 담겨 있지 않았다. 나는 그 말이 무엇을 뜻하는지 알았다. 넌 이제 내 가족이 아니야. 그것은 데이나가 나에게 내린 조용하고도 강력한 심판이었다.

파양 절차를 밟진 않았지만 나는 파양된 아이였다. 이제 어떻게 해야 하지? 눈앞이 캄캄했지만 아무도 나에게 가르쳐 줄 사람이 없었다. 나의 보호자 가브리엘도 그 문제만큼은 어쩔 수 없을 것이었다. 모질게 떼어 냈던 친구 아이비가 생각났지만 내 곁에 없었다.

나는 밤새 입양아와 관련한 글들을 인터넷으로 검색했다. 그리고 데이나의 싸구려 단골들이 한 말이 조금도 과장되지 않았다는 사실을 확인할 수 있었다. 아니, 그들이 말한 것 이상이었다. 한국 전쟁 후 60여 년간 해외로 입양된 아이들은 약 20만 명, 그중 4분의 3은 미국으로 보내졌다. 나는 그들 중 한 명이었다. 2012년 한국의 입양 관련 법이 개정된 이후 해외 입양이 급락했다는 기사도 읽었다. 미국 입양아 출신의 NGO* 활동가들이 한국 해외 입양의 문제를 국제 사회에 지속적이고 적극적으로 제기하는 눈물겨운 노력의 결실이었다고 한다.

신문과 잡지에 실린 입양아들의 사연은 해외 입양의 이중적인 면을 보여주고 있었다. 아이비처럼 양식 있는 양부모를 만나 훌륭하게 성장한 입양아들도 있었고, 양부모에게 심한 학대를 받다가

---

* Non-Governmental Organization의 약칭. 지역, 정부, 국가와 관계없이 자발적으로 조직된 비영리 민간단체.

파양된 아이들도 있었다. 양부모가 미국 시민권 신청을 해주지 않아 파양 후 한국으로 추방된 국제 미아의 자살에 관한 기사는 공포스러웠다. 2000년 미국이 '아동시민권법'을 제정해 미국에 입양된 아이들이 자동으로 시민권을 얻게 되었지만, 당시 성인이던 입양인들에겐 소급 적용이 안 돼 미국 시민권이 없는 해외 성인 입양인들의 수가 3만 5천 명에 이르렀다고 한다. 나는 더 이상 검색을 할 수 없었다.

결국 나는 가브리엘에게 도움을 청했고, 꼭 필요한 짐만 챙겨 그의 창고 방으로 갔다. 가브리엘이 콜로라도에 있는 동안 그곳에서 지내도 된다고 그의 부모님이 허락하셨다. 가브리엘이 만든 방이니 가브리엘이 알아서 할 일이라며 개의치 않으셨다. 가브리엘이 떠난 후 나는 무엇을 해야 할지 알 수 없었다. 가브리엘의 부모님과 식사를 함께 하거나 집안일을 돕기도 했는데 보통은 창고 방에서 혼자 지냈다. 두 분 다 바쁘기도 했지만, 내가 불편해할까 봐 알아서 생활하도록 놔두시는 것 같았다.

나는 한동안 쥐에게 물린 고양이처럼 멍하니 허공만 노려보았다. 24시간 악몽 속에 있는 것 같았고 아무런 의욕도 없었다. 그린 마트엔 얼씬도 하지 않았다. 한 가지 질문이 줄곧 따라다니며 나를 괴롭혔다.

'나는 살 만한 가치가 있는 애일까?'

그런 질문은 친부모에 대한 생각으로 이어졌다. 내 생물학적 부모는 나를 낳았으나 기르는 것은 포기했다. 왜? 내가 모른 척하고 있었던 사실이 나를 겁주고 있었다. 넌 처음부터 살 가치가 없는 애였어. 입양 서류와 사진을 매일 들여다보며 그 사실을 자각했다.

하지만 그런 생각에만 빠져 있을 수는 없었다. 나는 일을 해야 했다. 아빠가 죽고 혼자 남겨졌다는 건 스스로 생계를 책임져야 한다는 뜻이기도 했다. 지역 신문 구인 광고를 뒤져 면접 볼 곳을 찾았다. 시끄럽고 아는 사람을 만날 가능성이 많은 곳을 빼니 지원할 만한 데가 별로 없었다. 나이가 어려 자격이 되지 않는 곳도 많았다. 열네 번 면접을 본 끝에 찾아낸 일자리는 그런대로 만족스러웠다. 조그만 사설 미술관에서 입장 티켓을 관리하는 일이었다. 시급 8달러 50센트의 하루 네 시간짜리 파트타임, 나쁘지 않은 조건이었다. 무엇보다 관람객이 적어 마음에 들었다. 사람 좋은 관장은 내 절박한 사정을 이해해 주었다. 휴학 후 미술관에서 치유의 시간을 가지며 일하고 싶다는 말에 마음이 움직인 것 같았다.

나는 휴학을 하고 미술관에서 일했다. 미술관과 가브리엘의 창고 방을 오가는, 매일 똑같은 일과를 계속했다. 쉬는 날엔 가브리엘의 부모님과 아침 식사를 했다. 평소보다 신경을 많이 쓴 식탁에서 내 접시를 깨끗이 비우며 대화를 나누었다. 미술관에서의 단조로운 일들과 오래된 집을 수리할 방법 같은 일상적인 대화였다.

식사 후엔 창고 방에 틀어박혀 있거나 에디슨박물관에 갔다. 한 시간 넘게 자전거를 타고 박물관으로 가 1층에서 3층까지 최대한 천천히 둘러본 다음, 에디슨주립공원을 산책한 후 다시 한 시간을 달려 돌아왔다. 아이비와 자주 갔던 공원의 연못 벤치에 해가 질 때까지 있기도 했다. 그곳에는 아이비도 없었고, 얼굴이 노란 여자애들에게 시비를 거는 녀석들도 없었다. 슬픔과 고통의 느낌을 모른 채 시도 때도 없이 눈물이 고였다.

그렇게 일 년이 지나는 동안 가브리엘은 두 번 뉴저지에 왔다. 복학 후 맞는 여름방학엔 한 달가량 집에 머물렀다. 나는 미술관에 계속 나갔고, 저녁엔 가브리엘과 창고 방에서 시간을 보냈다. 보통은 체스 게임을 하거나 음악을 듣거나 가브리엘이 건축 이야기를 들려주고 나는 들었다. 하키 경기장에 가거나 뉴저지공연예술센터의 전시회를 보러 가기도 했지만 그런 외출은 몇 번으로 끝냈다. 사람 많은 곳을 꺼리는 나를 가브리엘도 억지로 데려가려 하진 않았다. 나는 창고 방에서 일찍 잠자리에 들었고 가브리엘은 창고 방을 만들기 전에 쓰던 방으로 돌아갔다.

일 년이 넘도록 상태가 나아지지 않는 나를 가브리엘은 걱정했다. 숨기고 싶은 일이지만 나에게 심각한 증상이 나타나기 시작했다. 다섯 살 때처럼 길을 잃기 시작한 것이다! 어쩌다 한 번씩이었지만 낯선 길에서 두리번거리고 있는 나를 발견할 때마다 두려움이 밀려왔다. 물론 그때마다 정신을 차리고 어렵지 않게 집을 찾아왔다. 이제 덮어놓고 무서워만 하는 어린애는 아니었으니까. 그런 날 가브리엘은 내가 혼자 거리를 배회하다 온 줄 알고 근심 어린 눈빛을 보냈다.

나는 가브리엘에게 말했다.

"난 살 만한 가치가 있는 앨까?"

한참 동안 침묵하던 끝에 가브리엘이 말했다.

"한국에 한번 가 보지 않을래?"

나는 대답을 못 하고 눈만 껌벅였다.

"네가 태어난 나라잖아. 널 낳은 엄마를 한번 찾아봐. 네가 마음만 먹는다면 진에게 도와 달라고 부탁해 볼게."

나는 펄쩍 뛰지 않았다. 가브리엘이 장막을 걷고 길을 가리킨 것 같았다. 안개가 자욱 끼었지만 내가 가 볼 수 있는 단 하나의 길을. 그래, 못 할 게 뭐 있어. 나의 전부를 잃은 지금. 어쩌면 내가 해야 할 마지막 일일지도 몰라. 나를 낳은 엄마를 찾는다면, 이 세상에서 마지막 식사를 하는 기분으로 물어볼 거야. 왜 나를 버렸냐고. 왜 나를 이곳으로 보냈냐고.

마음먹기가 어렵진 않았다. 위대한 미국이 의심스러워지고 있었고, 일 년 넘게 남의 집 방 하나를 차지하고 있는 게 염치없었고, 가브리엘이 콜로라도로 돌아가고 난 뒤가 다시 무서웠다. 한국에 진이 있다는 사실이 조금은 용기를 주었다.

"한국에 가 볼게."

내가 너무도 순순히 대답하자 가브리엘은 웃었다.

"정말? 그냥 던져나 본 말이었는데, 좋았어."

하지만 가장 강력하게 나를 한국으로 떠미는 게 있었다. 입양 서류와 사진이었다. 분홍색 원피스를 입고 분홍색 리본 밴드를 두른 여자아이가 바다 건너에서 날 부르는 것 같았다. 어서 와, 리사.

한국으로 떠나기 일주일 전, 나는 공원에서 우연히 아이비를 만났다. 가브리엘이 다음 날 콜로라도로 돌아가게 돼 있어 불안할 때였다. 호숫가 벤치에 앉아 있는 그 애를 보고 나는 흠칫 놀랐다.

"너 어떻게……."

"네가 날 부르는 소리가 들리던데?"

아이비도 놀란 것 같았지만 농담을 했다. 예전과 다르게 여유가 있어 보였다. 긴 머리를 하나로 내려 묶고 긴 셔츠에 잘록한 허리를 벨트로 묶은 모습이 성숙해 보였다.

"할머니 뵈러 왔어. 생일을 맞으셨거든."

"어, 그래."

아이비는 마이클이 죽은 걸 모르는 것 같았다. 나는 조금 망설이다 그 얘긴 하지 않았다. 다시 본다면 모를까, 굳이 그럴 필요는 없지. 파양을 당했다는 말도 하지 못했다. 데이나가 집을 나가라고 한 날은 아이비에게 SOS라도 치고 싶은 심정이었는데, 왠지 입이 떨어지지 않았다.

아이비는 졸업 후 프린스턴대에 들어가 문학을 공부하고 싶다고 했다. 졸업 후에는 자유기고가로 일하면서 소설을 쓰는 게 꿈이라고 했다. 당당하고 자신에 찬 모습이었다. 영어를 모국어로 사용하는 이방인들의 삶을 소설로 쓰고 싶다고 말하던 때가 생각났다. 나는 벤치에 멍청하게 앉아 야생 오리 떼를 보면서 아이비의 얘기를 들었다. 헤어질 때 아이비는 나에게 아메리칸 걸이라고 하지는 않았다.

한국으로 떠나기 전날, 밤이 깊을수록 잠은 오지 않았다. 나를 안심시켜 줄 가브리엘은 학교로 돌아가고 없었고, 나는 혼자 떠나야 했다. 너무도 복잡하고 중요한 과제를 떠안은 것처럼 나는 극도로 긴장해 있었다. 내가 존재했던 처음의 장소에서 기억에도 없는 시간의 파편들을 짜 맞춰 가는 게 내 과제였다. 가진 거라곤 입양 서류 한 장과 사진 한 장. 어쩔 수 없이 나는 용기를 내기 위해 아빠를 불렀다. 마이클, 나를 도와줄 거죠?

나는 둘 다야

엄마를 만날 장소는 서울 한복판에 위치한 박물관의 카페였다. 전시를 통해 서울의 역사와 전통문화를 소개하는 박물관이었다. 박물관에서 옛 왕조의 궁궐로 이어지는 서쪽 출입구에 테라스 달린 카페가 있다고 했다. 로비를 지나 카페로 가면서 나는 몇 번이나 마른 침을 삼켰다. 최후의 심판을 받으러 가는 것처럼 초긴장이 되었다.

로비와 연결된 카페는 조용했다. 손님이 앉아 있는 테이블은 두 개. 여자 혼자 있는 자리는 없었다.

"저기 저분인가?"

진은 카페 바깥의 테라스를 가리켰다. 브라운색 재킷에 검은 바지를 입은 여자가 파라솔 의자에 앉아 있었다. 고개를 숙였는데

단발의 머리카락이 흘러내려 얼굴이 잘 보이지 않았다. 나는 천천히 심호흡을 하고 테라스로 나갔다. 가슴이 두근거렸다.

두 사람의 발소리에 파라솔 밑의 여자가 고개를 들었다. 순간 나는 핫, 웃음을 터뜨릴 뻔했다. 저 얼굴, 완전 내 얼굴이잖아! 마치 거울을 보는 것처럼 똑같았다. 혈관 속 피가 세차게 돌기 시작했다. 테라스와 정원과 하늘도 빙빙 돌았다. 나는 나와 똑같은 얼굴을 놓치지 않으려고 정신을 집중했다.

다음은 울음이 터져 나올 것 같았다. 이렇게 똑같이 생긴 엄마에게서 떨어져 3만 8천 달러에 지구 반대편으로 넘겨졌다니. 그곳에서 나와 너무도 다르게 생긴 양엄마와 10년 넘게 전쟁을 하며 살았다니.

"유전자 검사는 괜히 했나 봐. 리사랑 똑 닮았잖아. 굉장히 젊어 보인다, 그치?"

진이 나에게 귓속말을 했다. 내 눈에만 그렇게 보인 게 아니었구나. 옅게 화장한 얼굴은 상상했던 모습보다 훨씬 젊어 보였다. 엄마가 아니라 언니라고 해도 좋을 것 같았다. 생각해 보니 데이나보다 네 살쯤 나이가 어렸다. 나를 낳았을 때 한국 나이 열여덟, 지금은 서른여섯, 얼마든지 젊어 보일 수 있는 나이였다. 하지만 엄마가 시들지 않은 꽃 같아 당황스러웠다. 엄마는 나를 보내고 새 그릇을 채워 나가듯 잘 살았던 걸까?

파라솔로 다가갔다. 엄마가 자리에서 일어났다. 나와 눈이 마주칠 때 엄마의 눈빛이 흔들렸다. 백 가지 감정이 담긴 눈빛이었다. 입을 조금 벌린 채 엄마는 그대로 정지해 있었다. 엄마도 그런 생각을 하고 있을지 몰랐다. '나를 완전히 빼닮았어.'

"안녕하세요."

한국식으로 허리를 굽혀 내가 먼저 인사를 했다. 엄마는 몇 발짝 다가와 천천히 나를 포옹했다. 나도 두 팔로 엄마의 등을 감쌌다. 온몸에 잔 소름이 돋는 것 같았다. 열여덟 살에 엄마와 첫 포옹이라니. 그리고 어쩌면 마지막 포옹이라니. 내 오른쪽 가슴에 닿은 엄마의 왼쪽 가슴에서 쿵쿵쿵쿵 세찬 심장 박동이 느껴졌다. 뭐라고 설명할 수 없는 아픔이 쿵쿵쿵쿵 전신으로 퍼졌다.

"잘 컸구나."

엄마는 팔을 풀고 말했다. 엄마에게서 들은 첫 번째 말이었다.

"미안하다고 하지 마세요."

나는 전화로 했던 말을 지레 반복했다. 엄마는 내 눈을 피했다. 죄인의 시선이었다.

진은 엄마에게 인사한 후 마실 것을 사 오겠다고 했다. 엄마는 아메리카노 커피를, 나는 시나몬 코코아를 주문했다. 달콤한 게 먹고 싶었다.

"한국말을 배웠니?"

엄마가 물었다.

"네, 친구와 함께 배웠어요."

엄마는 아랫입술을 꼭 깨물고 고개를 끄덕였다.

"그래."

내 머리를 매만지는 엄마의 손길이 조심스러웠다. 까만 눈동자 밑으로 눈물이 고여 있었다. 눈물을 펑펑 쏟지 않아 다행이었다. 눈물은 미안하다는 말만큼이나 불편할 것 같았다. 성격도 나와 비슷한가?

"앉자."

엄마는 내 손을 잡아 의자에 앉혔다. 손목과 손등에 닿은 엄마의 손바닥이 거칠었다. 고운 얼굴과는 다르게 마른 나뭇가지처럼 건조하고 뻣뻣한 손이었다. 입은 옷이나 핸드백, 구두도 엄마의 손처럼 고단해 보였다. 저 손으로 일을 하고 아이들을 돌보겠지? 두 아이도 엄마를 닮았을까? 엄마가 잘 살고 있지 않을까 봐 마음이 무거웠다.

음료를 쟁반에 받쳐 들고 온 진이 아메리카노 커피와 시나몬 코코아를 테이블에 내려놓고 다시 안으로 들어갔다. 전시실에 있겠다고 했다.

"엄마한테…… 물어볼 게 많지?"

손수건을 만지작거리던 엄마가 머뭇머뭇 물었다. 무슨 말을 해야 할지 모르는 것 같았다. 긴 고민 끝에 나를 만났지만, 이 비극적인 만남을 자연스럽게 이끌어 갈 지혜는 없는 것 같았다.

"내 이름, 왜 '미지'라고 했어요?"

엄마는 금박 체인이 달린 인조 가죽 핸드백에서 작은 수첩과 펜을 꺼냈다. 엄마가 수첩에 쓰는 글자는 중국 글자 같았다. 美智.

"아름다울 미, 지혜 지, 아름답고 지혜롭다는 뜻이야. 그런 아이로 자라길……."

엄마는 말끝을 흐렸다. 그런 아이로 자라길 바랐으나 나를 키우는 건 포기했다고 말할 수는 없겠지. 그래도 나는 만족했다. 내 이름에 대한 오해가 풀렸으니까. '내가 누군지 알 수 없음'은 아니었잖아? 하지만 '윤'이라는 성은 마음에 들지 않았다. 이기적이고 무책임한 남자가 내 이름 맨 앞에 서 있는 것 같아 싫었다.

바람 한 자락 없는 테라스에 침묵이 고였다. 할 말이 생각나지 않았다. 나를 왜 버렸는지는 엄마에게서 직접 들을 필요가 없었다. 장미라 씨가 전한 얘기로 충분했고, 내가 누군지는 이 테라스에 발을 내딛는 순간 알았다. 바로 내 앞에 있는 이 얼굴, 나를 닮은 얼굴이 명징하게 말해 주고 있었다. 그 밖의 설명은 군더더기일 뿐이었다.

하지만 딱 한 가지 해 보고 싶은 게 있었다. 내 기원의 실체를 내 손바닥에 새겨 가고 싶었다. 지금, 단 한 번이자 마지막 기회를 놓쳐서는 안 되었다.

"엄마, 엄마…… 만져봐도 돼요?"

나는 조심조심 물었다. 나를 바라보던 엄마가 고개를 끄덕였다. 웃고 있는 눈에 눈물이 차올랐다. 엄마의 바로 옆 의자로 옮겨 앉았다. 재킷에 손을 문지르고 엄마를 천천히 만지기 시작했다. 처음엔 머리카락이었다. 끝이 조금 상했지만 숱이 많고 건강한 머리카락이었다. 엄마도 검은 머리가 싫었는지 짙은 갈색으로 염색을 했다. 손가락을 빗처럼 하여 머리카락을 몇 번 쓸어내렸다. 엄마의 숨소리가 가까이 들렸다. 넓은 이마에 손을 댄 다음 끝이 둥글게 휜 눈썹과 쌍꺼풀 없이 약간 긴 눈을 더듬었다. 속눈썹이 깜박일 때 눈물이 손가락에 묻었다. 동양인 치고 높은 콧날을 위에서부터 아래로 훑어 내리고 둥근 콧방울을 어루만졌다. 핑크빛 립스틱을 바른 입술이 가늘게 떨렸다. 입가를 만질 때 엄마의 눈물이 툭툭 내 손등으로 떨어졌다. 나는 상관하지 않고 엄마를 만져 나갔다. 광대뼈가 얕게 솟은 두 뺨과 날렵한 턱, 두 개의 주름이 가늘게 잡히기 시작한 목과 쇄골, 아담한 어깨와 팔, 크지도 작지도 않은 가슴, 살짝 나온 배…….

나는 숭고한 의식을 치르듯 엄마를 만졌다. 엄마를 만지는 것은 내 몸을 만지는 것과 같았다. 엄마의 얼굴이 내 얼굴이고 엄마의 몸이 내 몸이었다. 눈을 감고 엄마의 몸을 거슬러 올라갔다. 배, 가슴, 팔, 어깨, 목, 턱, 두 뺨……. 손바닥이 눈물에 젖었다. 엄마의 호흡이 불규칙해졌다. 울지 마세요. 지금은 내 몸에 나의 기원을 새겨 넣는 경건한 시간이랍니다. 잠깐 눈시울이 뜨거워지려 했지만 나는 울지 않았다. 울면 지는 거다. 울면 계속 울게 된다고. 앞으로 18년을, 그리고 또 그다음 18년을.

나는 엄마의 손을 잡아 내 얼굴에 대 주었다. 엄마도 나를 만지기 시작했다. 머리카락, 이마, 눈썹과 눈, 코와 입, 뺨, 턱……. 슬프다는 느낌은 없는데 눈물이 핑 돌았다. 이를 꽉 물고 눈을 깜박거렸다. 속눈썹에 눈물이 매달렸다가 곧 말랐다. 엄마의 눈에서는 샘솟듯 눈물이 흘러내렸다. 엄마의 눈물이 진짜인지 가짜인지는 알 수 있었다. 그런 건 그냥 아는 법이다.

엄마는 나를 끌어안고 낮게 흐느꼈다.

"무슨 말을 해야 할지 모르겠다."

"괜찮아요. 아임 오케이."

태양이 서쪽으로 기울고 있었다. 그림자가 조금씩 길어지기 시작했다. 엄마와 나는 희미하게 온기가 남은 커피와 코코아를 마셨다. 잘 가꿔진 정원에서 서늘한 가을바람이 불어 왔다. 투명한 햇살이 골고루 내려앉은, 평화로운 오후였다. 이 시간이 정지한 채 영원히 이어질 수 있다면……. 나는 엄마와 헤어질 시간이 두려웠다.

늦은 오후, 그림자가 훌쩍 더 길어졌다. 진이 테라스로 나와 파라솔에 함께 앉았다.

"리사 며칠 있다 미국으로 떠나요."

진의 말에 엄마는 천천히 고개만 끄덕였다. 엄마를 난처하게 하고 싶지 않았다.

"엄마는 엄마 가족 있고, 나도 내 가족 있어요. 다른 생각 어려워요."

나는 거짓말을 했다. 양아버지는 죽었고 양엄마는 나를 버렸다고 말할 수 없었다.

"미안하다."

엄마는 마침내 미안하다고 말했다.

"엄마가 엄마 가족에게 '미국에 내 딸 있어' 그렇게 말할 수 없어요. 기대 안 해요. 실망하지 않습니다."

날카로운 유리 조각에 베인 듯 가슴이 아팠다.

"미국 부모님께 꼭 감사하다고 전해라. 이렇게 잘 키우신 걸 보니 좋으신 분들일 것 같다."

"네, 물론입니다. 나를 많이 사랑해 주셨어요."

나는 아빠 마이클만 생각하고 말했다.

머그컵에 남은 코코아를 한 모금씩 마셨다. 엄마와 헤어지고 나서 흔들리지 않게, 무너지지 않게 마음을 잘 다루어야 했다. 지금의 나를 대표할 타로 카드를 생각해 보았다. 메이저 10번 운명의 수레바퀴 카드가 떠올랐다. 롤러코스터 같았던 열여덟 인생의 굴곡을 경험한 지금, 내가 할 일은 그 경험 위에 새로운 시작을 하는 것이었다. 이제 나에게 강요되었던 아슬아슬한 굴곡의 열여덟 인생이 완결되고 있었다. 앞으로의 인생은 내가 내 힘으로 결정하고 살아갈 것이다. 천사들의 보호를 받으면서 나는 나의 수레바퀴를 돌릴 것이다.

밑도 끝도 없는 희망을 끌어내며 나는 나 자신을 안심시켰다. 그렇게라도 해야 할 것 같았다. 이제 미국에서 어떻게 무엇을 하며 살아갈까 미리 걱정하지 말자. 나에겐 긴 여정을 감당해 온 힘이 있으니까. 하지만 엄마를 영원히 포기하고 싶진 않았다. 18년 후에 또 만날 수도 있으니까. 그땐 유니폼 같은 옷으로 나를 포장하지 않고 진짜 잘 살아 낸 모습을 보여 줄 수 있겠지. 그리고 또 18년이 지나면 엄마도 튼튼한 뱃살이 생겨 가족에게 말할 수 있을지 모른다. 나에게 중년의 딸이 하나 있다고. 그 딸을 만나야겠다고.

*

하이, 행운의 리사.

그동안 한국 생활에 푹 빠진 거 아냐? 네 엄마 만났다는 소식 듣고 너무 좋아 지붕을 뚫고 날아올랐어. 정말 굉장한 일이야. 부모님도 좋아하시더라. 엄마는 눈물까지 글썽거리셨고.

28일에 돌아온다니 잘 됐다. 이번 핼러윈 데이엔 뉴저지에 가려고 해. 애들처럼 신나게 놀아 보자. 충격적인 복장을 궁리 중이야.

지겹게 붙잡고 있던 설계도는 완성해 교수한테 제출했어. 내가 얘기했던 멀티플한 동선에다 네가 말한 대로 많은 창문이 있는 공간을 결합시켰더니 환상이더라.

아 참, 콜로라도로 오던 날 길에서 아이비와 잠깐 마주쳤는데 내가 말

안 했지? 이제 생각나네. 걔 굉장히 매력적인 숙녀가 됐더라고. 리사 봤냐고 했더니 전날 공원에서 우연히 만났다고 하던데? 전화번호라도 알아 놓을 걸 그랬다면서. 내가 가르쳐 줬는데 괜찮지? 물론 아이비 전화번호도 받아 놓았어. 내가 깜박했었네. 만나면 알려 줄게.

진에게 안부 전해줘. 그 사랑스러운 가족에게도.

가브리엘의 메일은 풍선 백 개를 한꺼번에 붙잡고 있는 것처럼 붕 떠 있었다. 마지막에 쓴 끝인사에 얼굴이 따뜻해졌다. Love, Gabriel.

아이비를 생각했다. 날 보고도 편안해 보이는 게 마음이 떠나서인 줄 알았는데, 아니었구나. 전화번호 정도는 물어봐도 됐을 텐데 소심하긴. 내가 미국에 돌아가면 야생 오리가 있는 연못에 다시 가 보자. 한심한 녀석들을 보기 좋게 엿 먹였던 그곳에. 소설에 내 이야기는 써먹지 마, 아이비 문 어셔. 내 이야기는 오로지 내 것이니까.

지금쯤 미국은 핼러윈 데이 분위기가 한창 무르익고 있을 것이다. 10월이 되면 사람들은 집 앞을 공동묘지처럼 으스스하게 꾸미고, 호박등과 옥수수 대로 온갖 모양의 장식을 한다. 아이들은 해괴하게 생긴 옷을 입고는 사탕과 초콜릿을 얻으러 온 동네를 휘젓고 다닌다. 가브리엘과 나는 핼러윈 데이를 해마다 같이 즐겼다. 가브리엘은 해적이나 배트맨, 나는 마녀나 유령으로 꾸미고 컴컴해질 때까지 이웃집을 돌아다녔다. 사탕이 떨어진 집에는 "사탕을 주지 않으면 장난칠 거예요!" 협박을 하기도 하고, 가난한 집에는 다른 집에서 받은 사탕과 초콜릿을 문 앞에 수북이 놓고 오기도 했다. 가브리엘은 언제나 나를 집까지 데려다주고 자기 집으로 돌아갔다. 나는 자전거를 타고 가는 가브리엘에게 손을 흔들어줄 새도 없이, 문을 열어준 아빠에게 사탕 봉지를 자랑하느라 바빴다. 이번엔 아빠 마이클이 없는 만큼 가브리엘과 두 배 더 신나게 핼러윈 데이를 즐겨야지.

메간은 오늘 미네소타로 간다. 방금 메간과 통화를 했다. 몇 가지 중요한 일들을 처리해야 해 미국으로 돌아간다며, 한국에 다시 올 일이 꼭 생기기를 바란다고 했다. 그동안 너무 바빠 연락을 못해 미안하다고 했다. 게스트하우스 네스트에서 내 소식을 들었다며 황홀한 기적이 일어났다고 축하를 해 주었다.

"천 명 중의 한 명, 행운의 주인공은 리사였네?"

메간의 웃음소리가 유쾌하게 들렸다. 엄마를 만난 느낌이 어떤지 궁금해 하는 메간에게 나는 정말 황홀했다고 말해 주었다. 엄마의 몸을 구석구석 만지던 기억을 떠올리면서.

메간은 며칠 동안 언론 매체와 접촉하느라 정신이 없었다고 했다.

"1부 방송이 나가자마자 인터뷰 요청이 쇄도하더라고. 미친 일이지."

메간이 푸, 하고 입바람 소리를 냈다. 나는 방송 날짜가 언제인지도 몰랐다.

"다 거절하고 잡지사 두 곳하고 신문사 한 곳만 응했어. 그들은 해외 입양아가 미국의 변호사로 성공했다는 걸 해외 토픽감으로 알더라고. 나는 한국에서 버려져 미국에서 성장한 입양아로 한국에 왔는데, 그들은 역경을 딛고 미국에서 성공한 자랑스러운 한국인에 초점을 맞추는 거야. 나는 또 딱 잘라서 말했지. 나는 한국인이 아니라 미국인이라고. 내 속은 이제 완벽한 미국인이잖아? 한국 여성 잡지는 헤어살롱에서 엄청난 구독자를 확보하고 있다는데 솔깃해 인터뷰에 응했을 뿐이야. 그 기사가 내 생부모에게 전해질 수도 있으니까."

그렇게 완벽한 미국인인데 왜 한국의 부모를 찾으러 왔을까. 나는 궁금했다. 메간이 성공하는 데 한국이 아무것도 한 일이 없으면서 한국인으로서 올림픽 금메달이라도 딴 것처럼 호들갑을 떠는 건 나도 싫었다. 하지만 자신이 100퍼센트 미국인이라고 단단히 못 박는 메간의 태도는 이해되지 않았다. 예전엔 나도 그랬으면서.

"메간, 한국 부모님 왜 찾으려고 해요?"

나는 시큰둥하게 물었다.

"오, 리사. 난 내가 어디에서 왔는지, 내가 누군지 알고 싶을 뿐이야. 어릴 때부터 단 한 순간도 그 질문을 놓은 적이 없다고."

생물학적 부모를 찾기 위해 한국에 온 입양아들이 공통적으로 하는 말이었다. 자신의 정체성이 어떻든 '내가 누군지 알고 싶다'는 갈망은 똑같나 보았다.

"지금까지 아무런 소식이나 제보도 없지만 그렇다고 포기할 순 없지. 아직 2부와 3부 방송도 남아 있고. 1부 시청률도 나쁘진 않았나 봐. 방송사 웹사이트에 내 얘기가 많이 올라왔다는데?"

메간은 쾌활하게 웃었다. 밖에서 인기척이 들렸다. 아줌마가 잠에서 깬 것 같았다. 뭐 먹을 게 없나, 냉장고를 뒤지고 있을 것이다. 공연이 없는 월요일이었다. 진과 랑은 둘 다 늦었다며 슬라이스 식빵만 한 장씩 들고 뛰어나갔다.

"메간, 부디 좋은 소식 있길 기도할게요."

정말 그런 마음이었다. 엄마를 손으로 만지는 게 어떤 것인지를 메간도 알기를 바랐다.

전화를 끊고 밖으로 나갔다. 아줌마는 식탁에 앉아 구운 식빵에 딸기잼을 바르고 있었다. 커다란 머그컵엔 커피가 가득했다. 일요일 공연에서 진이 다 빠진 것처럼 기운이 없어 보였다.

빠삐용이 조르르 달려와 내 주변을 맴돌고 다리 사이를 들락거렸다. 귀여운 빠삐용, 네가 제일 통하는 친구였는데 이제 곧 키스 앤드 세이 굿바이 해야겠구나. 빠삐용을 안고 아줌마 맞은편에 앉았다.

"같이 먹을래?"

아줌마가 식빵을 들어 보였다. 빵 냄새를 맡고 식탁으로 발을 올리는 빠삐용을 끌어내렸다.

"네, 잼 많이 주세요."

아줌마는 스푼으로 딸기잼을 듬뿍 떠 내 입에 갖다 댔다. 장난인 줄 알았지만 스푼을 입으로 덥석 물어 잼을 쪽 빨아먹었다.

"갈 때가 되니 더 친해진 기분이네."

"밥 같이, 많이 먹었으니까요."

"그래, 식구가 따로 있겠니. 밥 같이 먹으면 식구지."

아줌마가 내민 주먹에 내 주먹을 갖다 댔다.

"아줌마 연극 보고 싶어요."

떠나기 전에 무대에 선 아줌마를 보고 싶었다.

"언제든 환영이지!"

딸기잼 바른 식빵을 들고 아줌마는 무대 인사 포즈를 취했다.

"냉장고에서 우유 꺼내다 마셔."

아줌마가 건넨 토스트를 한 입 베어 물고 우유를 가져왔다.

"랑하고 갈게요."

"그러든지."

아줌마는 많이 신나는 것 같지는 않았다.

"아줌마, 영어 선생님 많이 사랑해요?"

갑작스런 질문에 아줌마의 얼굴이 붉어졌다.

"아이 브로크 업 위드 힘(I broke up with him, 나 그 사람이랑 헤어졌어)."

아줌마는 콧등에 주름을 잡고 짓궂은 표정을 지어 보였다. 눈물이 핑 도는 걸 나는 놓치지 않았다.

"친구 하면 안 돼요?"

"내 말이. 근데 그 자식이 그러더라. 아이들보다 우리가 더 중요하지 않느냐고. 결혼 밀고 나가자고. '됐습니다, 아저씨.' 했지. 잘될 때는 젠틀맨이더니 잘 안 되니까 이기적인 늑대야. 나쁜 자식."

아줌마는 아저씨를 씹듯 토스트를 거칠게 씹었다. 딸기잼이 뚝뚝 떨어졌다. 나는 부스스 뻗친 머리를 묶고 빵을 씹는 아줌마가 아름다워 보였다.

"엄마 안 보고 싶어?"

나는 웃기만 했다. 보고 싶어요. 하지만 엄마에겐 한 번 만나는 것도 어려운 일이었어요. 이 말을 하면 울음이 터질 것 같았다.

미국으로 돌아가면 아이비를 만나 볼 작정이었다. 내가 뉴욕까지 찾아갈 수도 있었다. 나 혼자 살아가야 할 때는 겁을 내서는 안 된다. 아이비에게 다 말하고 도움을 청해야지. 그 애는 나보다 많은 것을 알고 있고, 가브리엘이 줄 수 없는 도움을 줄 테니까. 물론 인생에 대해서도. 하지만 나는 내 인생에 대해 너무 많은 생각은 하지 않을 것이다. 나는 어른이 되어 가고 있지만 아직은 어른이 아니니까. 되도록 심플하게 생각하고, 심플하게 선택하고, 심플하게 행동할 거야.

엄마에 대해서는 잊으려 하지도 않을 것이고, 잊지 않으려 하지도 않을 것이다. 내가 내 몸에 대해 어떤 뜻을 가지고 있지 않듯이 말이다. 나는 밤마다 신에게 기도할 거다. 내가 나를 잘 지키며 살아가게 해 달라고. 나와 같은 모든 아이들이 이 세상에 있어야 할 이유를 매일같이 깨닫게 해 달라고. 그들에게 별빛 같은 축복을 내려 달라고.

*

쇼핑이 이렇게 재미난 일이었나? 어제 하루 종일 동대문과 인사동을 돌아다녔다. 누구의 도움도 없이 나 혼자서! 사람들에게 열심히 길을 물어 가며 다니는 건 나에겐 큰 도전이자 모험이었지만, 내 힘으로 길을 찾아다닐수록 자신감이 생겼다. 나는 미리 적어 간 선물 목록을 보면서 열정적으로 쇼핑을 하고 신나게 물건값을 깎아댔다. 나와 비슷하게 생긴 사람들 천지인 거리를 걷고, 한국말로 몇 마디 대화를 주고받고, 한국인 특유의 명랑한 열기를 엿보는 일은 언제나 흥분되었다.

아줌마를 위해서 양 끝에 줄무늬가 들어간 모직 숄을, 랑을 위해서는 옅은 핑크빛 목 폴라 겨울 스웨터를 골랐다. 콜로라도의 홈스테이 할머니에게 선물할 한국 도자기 찻잔, 그리고 가브리엘의 아파트에 놀러오는 친구들과 룸메이트에게 안겨 줄 한국 탈과 한지로 묶은 노트를 고르면서 인사동 길을 두 번이나 오갔다. 가브리엘의 부모님께 드릴 선물은 최대한 신중을 기해 선택했다. 색실로 꽃과 나비가 수놓인 비단 안경집은 정말 정말 예뻤다.

오늘은 진과 가브리엘, 아이비의 선물을 고르는 날. 여덟 시간을 푹 자고 일어나 아침 식사를 마치자마자 큰 가방을 둘러메고 나왔다. 어제는 모두 "혼자 다닐 수 있겠어?" 걱정하더니, 오늘은 내가 매일 다니는 학교에라도 가는 것처럼 "잘 다녀와" 가볍게 인사했다. 이미 성공적인 외출을 수행한 몸이니까.

지하철을 한 번 갈아타고 지하철 역사와 연결된 서점을 찾아오면서 한 번도 길을 묻지 않았다. 서점에 들어설 때는 "예스!" 하고 주먹을 쥐기까지 했다. 문득문득 엄마 생각이 나는 건 어쩔 수 없었다. 엄마 생각으로 울적해질 때마다 아빠 마이클을 불렀다. 아빠, 나 좀 도와 달라고요. 씩씩하게 살고 싶어요.

진이 말한 대로 서점은 책뿐만 아니라 문구류, 음반, 선물 코너까지 갖추고 있었다. 서점 안에서 세 사람 선물을 한꺼번에 살 수 있다는 얘기였다. 한 달 넘게 서울에 있으면서 서점이라고는 찾아볼 수 없었는데, 이런 대형 매장이 서울 중심가 지하에 있었다니. 나는 어리둥절할 만큼 큰 서점을 돌면서 이것저것 구경하느라 시간 가는 줄을 몰랐다.

진에게 선물할 음반들은 가브리엘이 추천해 주었다. 질 이즈 럭키와 헌디 자흐라, 시규어 로스. 음반 재킷으로 처음 접하는 아티스트들이 "어때, 멋지지?"하고 나를 자극하는 것 같기도 했다. 나는 아무런 꿈도 없는 11학년 휴학생임을 상기하고 잠깐 움츠러들었지만 기가 죽지는 않았다. 난 당신들보다 더 많은 시간을 손에 쥐고 있어.

가브리엘이 주문한 선물은 화보 중심의 한옥 관련 서적이었다. 서점 직원이 안내해 준 건축 섹션에서 두 권의 책을 골랐다. 멋진 화보가 많은 한옥 이야기책, 그리고 사진과 도면이 실린 한옥 건축에 관한 책이었다. 가브리엘, 이 책들을 받고도 지붕을 뚫고 날아오르겠지? 아이비를 위해서는 만화책 한 권을 구입했다. 벨기에와 프랑스 문화권에서 만화가로 활동하고 있는 한국인 해외 입양인의 자전적 이야기가 담긴 만화였다. 이 책은 진을 통해 정보를 얻었다. 아이비가 두 눈을 총총히 뜨고 만화책 읽는 모습을 상상해 보았다. 아이비는 분명 좋아할 거다.

오후 4시 57분. 랑이 서점으로 올 시간이 거의 다 되었다. 만나서 놀다가 공연장으로 가기로 했다. 랑의 집에 놀러 왔던 메이크업 소녀 두 명도 함께 온다고 했다. 삐딱하게 굴지 말아야지.

"리사!"

"세이브 어스!(Save us!, 아이고 깜짝이야!)"

문구류 코너에서 한눈팔고 있을 때 랑이 등 뒤에서 나타났다. 함께 온 민경과 혜리가 "하이" 하고 손을 흔들었다.

"우리 잊어버린 거 아니지?"

혜리가 내 팔을 잡고 방긋 웃었다.

"응. 혜리, 민경."

이름을 기억하자 미리 짜기라도 한 것처럼 셋이 합창을 했다.

"기억력 대박!"

똑같은 메이크업에 똑같은 교복을 입고 똑같은 감탄사를 터뜨리는 게 정말 웃겼다.

"야, 서 봐. 리사랑 기념사진 찍자."

민경이 셀폰을 들어 올리자 랑과 혜리가 나를 끌어다 가운데 세웠다. 랑은 손으로 브이 자를 그리고 혜리는 입술을 쭉 내밀었다. 찰칵. 사진을 찍고 확인하고 까르륵 웃은 다음엔 혜리와 랑이 번갈아 사진을 찍었다. 현재는 지옥이고 미래는 암울하다는 아이들이 사진만큼은 그 반대여야 한다는 듯 적극적으로 포즈를 취했다. 한국 여자애들은 하는 짓이 참 귀엽고 특이하다.

"알고 보니 쇼퍼홀릭? 어제오늘 장난 아니네."

랑은 묵직한 내 가방을 툭툭 치며 말했다.

"쇼핑 끝났어."

나는 윈드브레이커 주머니를 뒤집어 먼지 터는 시늉을 했다. 진에게 빌려 입은 윈드브레이커였다. 내 옷을 살 돈은 없었다.

"난 딱 하루만이라도 쇼퍼홀릭 돼 봤으면 좋겠다."

랑이 말하자 민경과 혜리가 "나도~" 하며 어깨동무를 했다.

사진을 찍고는 곧바로 지하철역으로 향했다. 서점에서 멀지 않은 복합 문화 공간에서 놀다가 연극을 보러 가기로 했다. 공연 시간은 저녁 8시였다. 지하 계단을 내려가면서 랑은 아줌마에게 빠른 속도로 메시지를 보냈다.

'오늘 관객 두 명 더 몰고 간다. 네 자리 부탁.'

오른손 왼손 엄지를 빠르게 놀리면서 랑은 햇살처럼 웃었다. 아줌마의 희생으로 평화는 찾아왔다. "넌 운 좋은 아이야"라고 말하면 요 철부지는 알아듣기나 할까?

지하철로 세 개 역을 달리고 굉장히 복잡한 거리를 지나 도착한 곳은 미래의 도시가 연상되는 건축물이었다. 지하 2층, 지상 4층의 거대한 철제 빌딩은 UFO가 내려앉은 듯한 모양이었는데 굉장히 압도적이었다. 안으로 들어가니 생활용품 디자인 마켓과 전시장, 디자인 문구 마켓, 미술관, 카페와 레스토랑, 각종 체험장이 아기자기하게 연결돼 볼거리가 많았다.

이곳에 여러 번 와 봤는지 혜리가 가이드 역할을 했다.

"리사, 여기 맘에 들어? 우리 중학교 2학년 때 오픈했는데 난 세 번째야."

마음에 들고말고. 물을 필요도 없었다. 뉴저지에서도 뉴욕에서도 이런 데는 가 보지 못했다. 그것도 외모가 나와 크게 다르지 않은 또래 여자애들과 무리를 지어서 다녀 본 적은 더더욱 없었고.

"최고."

엄지를 펴 보이자 혜리가 손등으로 내 뺨을 문댔다.

"맞아. 가끔은 이런 데서 놀아 줘야 제정신을 유지하지."

랑이 맞장구를 쳤다.

필기구 팝업스토어에서는 시간을 많이 썼다. 컬러풀하고 다양한 디자인의 각종 펜들에 모두 홀려 이것저것 가져다 연습지에 써 보느라 바빴다. 나는 밝은 녹색 펜으로 연습지 한쪽 귀퉁이에 조그맣게 세 글자를 써 보았다. 이가을. 정말 오랜만에 써 보는 한글이라 너무나 못생긴 글자가 돼 버렸다. 내가 쓴 글자 위쪽으로는 파랑색 굵은 펜으로 이런 문장이 적혀 있었다. '사랑하라. 한 번도 상처받지 않은 것처럼.' 이렇게 멋진 말을 한 사람은 누구일까 생각했지만 약간 허세가 느껴지기도 했다. 어떻게 한 번도 상처받지 않은 것처럼 굴 수가 있지?

"고급 필기구 사면 레이저로 이름도 새겨 준다는데?"

민경이 벽에 붙은 광고지를 보고 말했다.

"남친 있음 나란히 이름 새겨서 하나씩 가지고 다니면 좋겠다. 그런데 우린 남친도 없고, 돈도 없고오."

혜리가 두 주먹을 눈에 대고 돌리며 우는 시늉을 했다.

"저주를 받은 게 분명해. 어쩜 셋 다 모태솔로냐. 리사는 보이프렌드 있어?"

아이들 말을 정확히 알아듣지 못해 눈동자만 굴리고 있다가 랑의 질문에 주춤했다. 나는 잠시 생각하다 대답했다.

"있어."

지갑에 끼운 가브리엘 사진을 보여 주었다.

"와우! 잘생겼다."

"진짜. 나 이제부터 리사 리스펙트할래. 이런 꽃미남 남친이 있었다니."

"20년 전 레오나르도 디카프리오 아저씨 도플갱어잖아?"

예상대로 반응이 폭발했다. 사진을 보여 준 이유는 이런 반응을 보기 위해서였다. 이 아이들과 재미난 시간을 만들어 보고 싶었다. 어쨌든 성공. 얘들아, 가브리엘은 남자친구가 아니라 내 보호자란다.

"리사, 왜 이제야 보여 주니? 나 같으면 벌써 광고했겠네."

랑이 팔꿈치로 내 옆구리를 쿡 찌르며 웃었다.

"안 보고 싶어? 한 달 넘게 못 봤는데."

"보고 싶어."

이 말은 1초도 생각하지 않고 할 수 있었다. 정말로 보고 싶었으니까. 가브리엘, 이틀 남았어. 할 얘기가 몇 보따리나 돼. 이 아이들 얘기까지.

"볼펜 살 사람 빨리 사고 이제 딴 데로 가 보자."

혜리가 시간을 확인하고는 들고 있던 펜을 제자리에 갖다 놓았다.

"좋아. 저녁도 먹어야 하니까 빨리빨리 움직이자."

랑이 볼펜을 몇 자루 들고 계산대로 가며 말했다. 다음엔 무슨 구경거리가 기다리고 있을까. 나는 오늘 실컷 놀아 보고 싶었다. 이 철없고 티 없는 또래 여자애들과 함께.

*

출국 날이 하루 앞으로 다가왔다. 이제 한국에서의 마지막 밤을 보내고 아침을 맞으면 랑의 가족과 작별하고 인천공항으로 출발해야 한다. 아줌마는 손수 환송회 만찬을 준비한다며 한 시간 넘게 부엌을 어질러 놓고 있었다. 마침 오늘 공연엔 비번이라고 했다. 에이프런을 두르고 분주히 움직이는 모습이 연극을 하고 있는 것 같았다.

집 안엔 음식 냄새가 요란하게 풍겼다. 빠삐용이 거실과 부엌을 정신없이 오가며 낑낑거렸다. 랑이 아줌마 몰래 음식 재료를 집어 먹고는 하나씩 들고 와 내 입에 넣어 주었다. 오늘 내 핑계로 학교에서 밤공부를 면제받았다며 방학이라도 맞은 듯 좋아했다. 나는 랑의 학교 선생님에게 미국에서 한국을 방문한 둘도 없는 베스트 프렌드로 소개되었다.

랑은 소파에 앉은 나에게 시도 때도 없이 폰 카메라를 들이댔다. 나는 빠삐용을 안고 타로 카드를 하나씩 넘겨보며 이리저리 몸을 피했다.

"출국 전날 사람 마음을 사로잡다니 반칙이야. 너 정도 보이시

한 애라면 동성애도 적극 고려해 볼 것 같아."

위에서 내려다보는 각도로 옆모습을 잡으면서 랑이 말했다. 쇼트커트를 한 내 머리를 이렇게 좋아할 줄은 몰랐다. 어깨 아래로 내려오는 머리카락을 싹둑 잘라 버렸다. 메간처럼 세련돼 보이지는 않지만 나한테 어울리는 것 같기도 했다. 가브리엘도 짧은 머리가 훨씬 생기 있어 보인다며 좋아했다.

"그러지 말고 둘이 한번 잘 해 보지? 대놓고 어울리는데."

부엌 식탁에서 감자를 까던 진이 못생긴 감자 두 개를 들어 보이며 우릴 놀렸다.

"안 될 것도 없지 뭐."

랑이 내 품에 안긴 빠삐용을 데려가더니 나에게 바짝 붙어 앉았다. 맞닿은 팔과 엉덩이가 따뜻했다. 내가 선물한 핑크빛 목 폴라 겨울 스웨터를 입어 열이 나는 것 같았다.

랑이 학교에서 돌아오자마자 준비해 둔 선물을 하나씩 안겼다. 모두들 어찌나 환호성을 질러대는지 굴뚝을 타고 내려온 산타클로스라도 된 기분이었다. 아줌마는 모직 숄을 무대 의상으로 쓰겠다고 했다. 미리 선물했다면 어제 근사하게 숄을 두른 아르까지나*를 볼 수 있었을 텐데. 안톤 체호프의 〈갈매기〉에서 주요 배역을 맡은 아줌마는 정말 카리스마가 넘쳤다. 진은 그동안 MP3 파일로

* 안톤 체호프의 희곡 〈갈매기〉의 등장인물.

만 음악을 들었는데 멋진 선물을 받았다며 좋아했다. "가브리엘이 추천했다면 믿고 들을 수 있어"라는 말도 잊지 않았다.

"머리카락 포장은 잘 했어?"

아줌마가 잡채를 주물럭주물럭 섞으며 진에게 물었다.

"퍼펙트하게. 습자지에 잘 싸서 양끝을 밴드로 묶고 단단한 상자에 스티로폼 알갱이까지 넣어 포장했지. 내일 우체국 가서 부칠 예정."

진이 날 보고 눈을 찡긋했다.

내 머리카락은 엄마에게 보내질 것이다. 머리카락을 선물해야겠다고 마음먹은 것은 탯줄 때문이었다. 엄마와 나를 이어 주었던 탯줄. 그것을 엄마가 보내 왔다. 진에게 연락해 주소를 물었다고 한다. 오늘 아줌마와 점심으로 국수를 먹다가 엄마가 보낸 선물을 받았고, 나는 온몸에 수분이 다 빠져나갈 만큼 울었다. 탯줄은 담뱃갑만 한 상자에 넣어져 나에게로 왔다. 상자 속엔 메모가 함께 들어 있었다.

너를 이렇게 데리고 있었단다. 매일매일 너를 생각한 건 아니야. 하지만 네 생일은 잊지 않았고 언제나 기도했다. 네가 어떤 아픔도 겪지 않으며 잘 자라게 해 달라고. 이 탯줄은 내가 너에게 줄 수 있는 유일한 선물. 미안하고 고맙다, 미지야.

메간은 머리카락이 가족을 찾는 퍼즐 조각 중 하나라고 했다. 엄마는 또 하나의 퍼즐 조각인 탯줄을 나에게 보냈고, 나는 교환의 퍼즐로 머리카락을 보냈다. 까맣게 말라붙은 탯줄은 엄마의 존재를 말해 줄 것이고, 한 줌의 머리카락은 내 존재를 말해 줄 것이다. 그렇게 우린 함께 있을 것이다. 머리카락 포장 상자에 딱 한 줄의 메모를 같이 넣었다.

고맙습니다, 엄마.

마지막 인사는 하고 싶지 않았다. 엄마를 다시는 볼 수 없다고 생각하면 가슴이 꽉 막혀 숨을 쉴 수가 없었다. 그럴 땐 상상을 했다. 언제나 똑같거나 비슷한 상상을. 오늘 아침에도 그랬다. 훗날 엄마가 세상에 무서울 것 없는 할머니가 되어 가족에게 말하는 것이다. "나 미국에 딸 하나 있다. 너희랑 살 만큼 살았으니 이제 걜 찾아야겠어." 이런 상상을 하면 얼굴이 발갛게 달아올랐다.

"나 유학은 포기했지만 미국 여행은 해 볼 거야. 졸업하자마자 두 달 빡세게 알바 뛰고 뱅기 티켓 사서 바로 미국으로 날아가야지. 알았니, 미국인 친구? 아니, 이제 한국인인가?"

랑이 내 짧은 머리카락을 흐트러뜨렸다.

"둘 다야."

내가 말했다. 랑이 피식 웃었다. 이태원의 맥도날드에서 내가

"난 미국인이야"라며 울먹였던 때를 기억했을 것이다. 그때 난 내가 미국인도 아니고 한국인도 아니라고 생각했다. 나는 살 만한 가치가 없고 아무것도 아닌 애였으니까. 이제 누가 내 정체성에 대해 물으면 이렇게 말할 거다. 나는 한국인, 미국인 둘 다라고. 그런 면에서 나는 메간보다 아이비가 옳았다고 믿는다.

내 미국 이름에 한국 이름을 넣어 마음속으로 불러 보았다. 리사 미지 밀러. 리사 밀러보다 열 배는 괜찮았다. 미국에서 누가 물으면 이렇게 대답해 줘야지. '미지'의 뜻은 뷰티 앤드 위즈덤이라고. 그리고 난 한국 이름을 바꾸기로 했다. 윤미지가 아닌 이미지로. 엄마의 성을 붙이니 이름이 훨씬 예뻤다.

"미국 놀러 와. 텐트 준비할게."

랑에게 말했다. 아 참, 내 방이 어딨다고.

"정말? 그때까지 어떻게 기다리지?"

랑이 빠삐용 앞다리를 잡고 자동차 와이퍼처럼 왼쪽, 오른쪽으로 흔들었다.

"우리 랑이 리사한테 침대 양보한다고 자청해서 텐트족이 됐던 거 모르지?"

콧등에 튀김 반죽을 묻힌 아줌마가 말했다.

"가기 전날 진실 폭로야?"

진이 매끄럽게 깐 감자를 아줌마에게 들고 가며 웃었다. 머릿속에서 댕~ 종소리가 울린 것 같았다.

"랑……."

"음하하! 빠삐용, 리사 누나 멍청한 표정 봐라."

랑이 빠삐용의 머리를 두 손으로 잡아 나에게로 돌릴 때 폰 벨소리가 들렸다.

"리사 폰이다. 오, 얼짱 남친이시네."

랑이 소파에 놓인 내 폰을 가리키며 웃었다. 가브리엘이었다. 미국은 새벽이고 어제 통화를 했는데 무슨 일이지? 조용히 얘기하려고 방으로 향했다. 랑의 품을 냉큼 벗어난 빠삐용이 내 발꿈치에 따라붙었다.

가브리엘은 완전히 들떠 있었다.

"리포트 점수 나왔어. 스물세 명 중에 최고점. 사실 기대는 좀 했거든."

가브리엘은 건축상이라도 받은 것처럼 싱글거렸다. 그 얘길 하려고 새벽에 전화를 하다니, 이럴 땐 어린애라니까.

"굿 잡. 그 점수에 나도 기여를 한 거지?"

"그런 셈이지. 근데 아직 마지막 평가를 해 줘야 할 사람이 있어."

"누구?"

"새 집에 같이 살 사람."

"새 집?"

"아버지와 의논해 교외에 집을 짓기로 했거든. 내가 설계한 집."

"와우, 그런데 새 집에 같이 살 사람은……?"

나는 타로 카드를 넘기던 손을 멈추었다. 새 집엔 창고 방이 없을 것이다.

"아무도 못 당하는 고집쟁이가 하나 있어. 리사 미지 밀러라고."

가브리엘은 재밌다는 듯 킬킬 웃었다. 머릿속에서 또 한 번 종소리가 댕~ 울렸다.

"방 다섯 개 중 하나가 네 방이야. 기대해도 좋아. 부모님도 승낙하셨어. 딸 하나 생겼다며 웃으시더라. 네 방 이름도 지었거든?"

나는 목까지 차오르는 울음을 삼키느라 말을 할 수 없었다.

"해피 박스."

해피 박스? 빠삐용의 집이라면 좋을 이름이었다.

"베이비 박스가 아니라 해피 박스."

"가비……."

나는 폰 화면의 가브리엘을 손가락으로 쓰다듬었다. 이 사람은 정말 천사가 아닐까? 베이비 박스 얘기를 하며 가브리엘 앞에서 펑펑 울던 일이 생각났다. 왼손으로 타로 카드 한 장을 집어 들었다. 뒤집으니 마이너 카드 컵 10번. 무지개로 상징되는 신의 가호 아래 평화로운 가족을 이룬 카드였다. 내 손에서 타로는 거짓말을 하지 않는다.

"뉴저지 에디슨이 그립다."

나는 꿀꺽 울음을 삼키고 말했다.

"그리고……."

나는 7년 동안 나를 지켜 준 사람, 가브리엘 클래퍼가 보고 싶었다.

"지금 진 엄마가 작별 파티 준비하고 있어."

"오, 그래? 좋은 밤 보내. 나도 눈 좀 붙여야겠다."

"고마워, 가비."

방을 나가려다 텐트 속 랑의 베개를 꺼내 침대로 갖다 놓았다. 마지막 밤은 침대에서 꼭 붙어 자자고 해야지. 동성애는 아니지만, 서로 다리가 엉키기도 하고 어깨나 가슴을 스치기도 하며 잠을 자 보고 싶었다. 한국에서 여자들끼리의 친밀한 관계는 정말 특별하다. 어쩌면 아이비도 그런 친밀함으로 나를 좋아했는지 모른다. 아이비에게도 100퍼센트 한국인의 피가 흐르고 있으니까.

나를 졸졸 따라다니는 빠삐용을 번쩍 들어 품에 안았다. 다시 만날 때까지 잘 지내야 해. 넌 모르지? 이런 가족을 만난 게 엄청난 행운이라는 걸. 빠삐용은 꼬리를 살랑살랑 흔들었다.

한국에서의 마지막 밤. 꿈에 마이클을 만나면 이렇게 말할 것이다. 아빠, 이제 조약돌 대신 탯줄을 가지고 다닐래요. 내가 완벽한 미국인이라는 아빠 말은 틀렸지만, 처음부터 끝까지 한결같았던 당신의 사랑은 최고였어요. 천국이 심심하면 해피 박스로 놀러 오세요. 이 고집쟁이가 달콤한 잠에 빠져 있을 때.

작가의 말

이 소설이 시작된 것은 10년쯤 전이었다. 10년이 지나는 동안 몇 차례에 걸쳐 대대적인 성형수술을 했다. 물론 마음에 들지 않았으니까. 한참 덮어두었다 다시 꺼낼 때마다 못생긴 데가 보였다. 처음의 모습과는 전혀 다른 소설로 탈바꿈해 골똘히 설레기도 하고 서걱서걱 걱정도 된다. 비춰볼 거울은 독자들이기에 한동안 딴청이라도 해야 할 것 같다. 찰랑거리는 희망사항. 오래 만지다 내놓았으니 깊은 느낌으로 눈길을 끌길. 첫인상보다 마지막 인상이 더 예쁘길.

이 소설을 완성하고 나서 알았다. 나 참 끈질겼구나. 10년 동안 한 번도 버릴 생각을 하지 않고 결국 밖으로 걸어 나갈 수 있게 신발을 신기다니. 돌아보건대, 소설을 쓰는 동안은 내가 좀 더 나은 인간이 되는 것 같다. 세상에 재미나고 매혹적인 책들이 너무도 많아 평생 읽기만 하다가 죽어도 좋을 것 같지만, 소설 쓰기는 나를 위한 쾌락이며 치유이며 명상이기에 때로는 끈질기게 또 때로는 놀듯이 게으르게 이야기를 만들고 있다.

작가의 말을 쓰는 동안 우연히 TV 다큐멘터리를 보게 되었다. 40여 년 전 미국으로 입양된 후 두 번의 파양과 학대를 겪고, 끔찍한 이민자 감옥에 수용돼 있다가 한국으로 추방당한 한 남자의 이야기였다. 해외입양의 어두운 이면들을 집약해놓은 듯한 그의 인생에 여러 번 눈물을 훔쳤다. 방송을 통해 극적으로 친엄마를 찾은 건 죽지 않고 살아남은 데 대한 보상이었을까. 따스한 엄마 품에 안겼지만, 말 한마디 통하지 않는 이곳에서의 쉽지 않은 삶은 혼자서만 감당해야 할 일은 아닐 것이다.

일곱 번째 소설책을 펴내며 2018년을 열게 되었다. 곧 떠날 쿠바 여행과 함께 괜찮은 새해 선물이 될 것 같다. 감사를 전할 분이 있다. 해외 입양인들과 함께하는 소중한 게스트하우스 '뿌리의 집'에서 헌신적으로 일하시는 김창선 팀장님. 해외 입양의 민낯과 해외 입양인들의 삶에 대해 자료조사 이상의 생생한 목소리를 들려주셨다. 할 일이 산더미인데 귀한 시간 성의를 다해 취재에 응

해주셔서 깊이 감사했다.

소설책을 펴내고 나면 그다음은 아무 일도 없었던 듯 무표정해진다. 단순한 멋쩍음인지, 시크한 척하는 건지 나도 알 수 없다. 할 만큼 하고 나면 냉정하게 거리를 두는 성격 탓인지도 모르겠다. 내가 구겨져 있든 펴져 있든 언제나 토닥토닥 관심을 가져주는 이들과 독자들에겐 책 광고 대신 인사를 건넨다. 해피 뉴 이어!

2018년 1월

박선희

베이비 박스

초판 1쇄 발행일 | 2018년 1월 16일
초판 4쇄 발행일 | 2022년 8월 9일

지은이 | 박선희
펴낸이 | 정은영

펴낸곳 | (주)자음과모음
출판등록 | 2001년 11월 28일 제2001-000259호
주　소 | 10881 경기도 파주시 회동길 325-20
전　화 | 편집부 (02)324-2347, 경영지원부 (02)325-6047
팩　스 | 편집부 (02)324-2348, 경영지원부 (02)2648-1311
이메일 | jamoteen@jamobook.com

ISBN 978-89-544-3826-1 (43810)

이 도서의 국립중앙도서관 출판예정도서목록(CIP)은 서지정보유통지원시스템 홈페이지(http://seoji.nl.go.kr)와 국가자료공동목록시스템(http://www.nl.go.kr/kolisnet)에서 이용하실 수 있습니다.(CIP제어번호: CIP2017035328)

※ 이 책은 서울문화재단 '2017년 문학창작집 발간지원사업'의 지원을 받아 발간되었습니다.